婚活食堂6

山口恵以子

PHP
文芸文庫

○本表紙デザイン＋ロゴ＝川上成夫

目次

主な登場人物

玉坂　恵——四谷のしんみち通りにあるおでん屋「めぐみ食堂」の女将。以前は占い師として活躍したが、今はささやかな力で人と人との縁を結ぶ手伝いをしている。

真行寺巧——大手不動産賃貸会社「丸真トラスト」社長。めぐみ食堂の入るビルのオーナーでもあり、恩人である尾局與の遺言により、恵をサポートし続けている。

江川大輝——真行寺が後見人を務める少年。真行寺の依頼で、たまに恵が遊びに連れ出す。

尾局　與——「原宿の母」と呼ばれた大人気占い師。恵の占いの師匠で、真行寺の命の恩人。

◆めぐみ食堂の常連客◆

藤原海斗——IT関連事業を手掛ける「KITE」社長。四十代独身で超イケメン。

大友まい——大輝が生活する児童養護施設「愛正園」の事務職員。

新見圭介——四谷にある浄治大学文学部の客員教授。

浦辺佐那子——めぐみ食堂で新見と出会い、事実婚をした七十代の美人。

矢野亮太——四谷の会計事務所に勤める公認会計士。

矢野真帆——啓宥館大学大学院に籍を置く研究員。めぐみ食堂で亮太と再会し、結婚。

麻生瑠央——絵本作家。浄治大交響楽団の団員。

田代杏奈——病院の事務職員。瑠央の後輩で、浄治大交響楽団の団員。

江差清隆——邦南テレビ報道局の「ニュースダイナー」プロデューサー。

一皿目

豚足(とんそく)で婚活パワー

十一月に入るとめっきり日の落ちるのが早くなる。夏の終わり頃は六時に店を開けるときには、まだ周囲に薄く日が差していたが、今はすっかり暗くなっている。太陽だけではない。水道の水も街を吹く風もひんやりと冷たくなって、冬の訪れが近いことを感じさせる。晩秋とはよく言ったものだ。

もうすぐ秋も終わりねえ……。

店の表に暖簾を出しながら、恵はそこはかとなく寂しさを感じていた。秋が終われば師走となり、今年一年が終わる。

生まれてから五十年以上そのサイクルを経てきたのだから、今更感傷的になるのは腑に落ちないが、去年から今年にかけては、あまりにも例年と違っていて、まるで悪夢の中にいたような気がする。

心の中で溜息を吐き、立て看板の電源を入れて点灯した。周囲が暗いのでネオンが冴える。最後に入り口にぶら下げた〝準備中〟の札を〝営業中〟にひっくり返すと、店内に戻った。

感傷に浸っている暇はない。これから冬にかけてがおでん屋のかき入れ時なのだ。

恵はカウンターの中に入り、お客さんを迎える態勢を整えた。

ここ、四谷しんみち通りは、JR四ツ谷駅からほど近い約百五十メートルの長さの路地で、両側には飲食店が建ち並んでいる。二の足を踏むような高級店はなく、どこも気軽に入れる店ばかりだ。

それでいて新宿・渋谷・池袋の路地裏にありがちな〝ちょっと危ない感じ〟がまるでなく、明朗会計を絵に描いたような店ばかりなのは、オフィス街と学生街を抱える四谷という土地柄故だろうか。

玉坂恵の営む〝めぐみ食堂〟は、しんみち通りでただ一軒の路面店のおでん屋だ。開店は十三年前で、来年で足かけ十四年になる。

元は古い木造建築だったのだが、三年前にもらい火で全焼し、今は元の場所に竣工した新しいビルにテナントとして入っている。間口の三分の二は大手チェーン店のうどん屋で、三分の一がめぐみ食堂だった。

開店当初は素人丸出しの、市販のおでん種を買ってきて出汁で煮るだけのおでん屋だったが、石の上にも三年とやら、今ではおでんの他に季節ごとのお勧め料理や、お通し代わりに提供する大皿料理のメニューも増え、料理目当てに通ってくれる常連さんも多い。

もらい火で焼け出されたときは、新ビルが完成してめぐみ食堂を再開するまでの間、新宿の小料理屋で〝女将修業〟も経験した。かつての〝なんちゃって女将〟から本物の〝女将〟になった自負が、今の恵を支えている。

「こんばんは」

口開けの客は男女二人連れだった。

「いらっしゃいま……あら、まあ！」

驚いて挨拶が途切れた。

「確か、唐津さんでしたね？」

「嬉しいなあ。覚えていてくれたんですか」

白い歯を見せて快活に答えたのは、三十半ばの容姿端麗な男性だった。しかもただのイケメンではない。民放キー局東陽テレビの有能プロデューサーなのだ。

「言った通り、良い店だろう？」

唐津旭は連れの女性を振り返った。三十前後でショートカット、ボーイッシュな魅力がある。

「どうぞ、お好きなお席に」

恵はおしぼりを出しながら席を勧めた。といってもカウンター十席の小さな店で、迷うほどのこともない。

「彼女、ディレクターの笠原蓮。体力と根性だけはある」

「やだなあ、唐津P。人を相撲取りみたいに言って」

蓮は唐津を睨む真似をした。

「褒めてるんだよ。最近の若手はすぐ被害者ポジション取りたがるから、笠原は偉い」

唐津は軽く笑って店内を見回した。

「ええと、最初は生ビールかな。小で。笠原は？」

「私も、小生」

注文が済むと、カウンターに並んだ大皿を指し示した。

「これ、全部お通し。二品で三百円。全部載せは五百円」

「私、絶対全部」

「というわけで、ママさん、全部載せ二つ」

「かしこまりました」

恵は生ビールのグラスを二人の前に置いてから、皿に大皿料理を取り分けた。

今日のメニューは野沢菜とジャコのゴマ油炒め、焼きネギのお浸し、卵焼き、ササミの梅肉納豆和え、そしてエスカベッシュ。

ササミの梅肉納豆和えは、偶然入った居酒屋で食べた料理で、酒の肴にもご飯のおかずにもピッタリの味だったので、早速真似させてもらった。そこは東京ミッドタウン日比谷にある「一角」という店で、広い店内はグループでも女性一人でも入りやすい設計になっており、恵は大いに感心させられた。

エスカベッシュは「南蛮漬け」としてお馴染みの地中海料理で、揚げ焼きした魚介、もしくは肉と野菜を甘酢で漬け込んだ料理だ。サッパリした味なのでフランスやスペインでは夏場によく食べるそうだが、もちろん冬野菜を使っても美味しい。魚介だけでなく豚肉や鶏肉でも作れて保存可能なので、大皿料理にもピッタリだと思って作ってみた。

今日は特売の豚コマを使い、酢は奮発して白ワインビネガー、それにローリエも添えて地中海らしさを演出した。野菜は玉ネギ、人参、ブロッコリーとカリフラワーで彩りよく仕上げた。

「きれい。豚コマがお洒落に変身だわ」

エスカベッシュに箸を伸ばして、蓮が感心したように言った。

「豚コマは炒め物とカレー以外にも活躍の場があるんだな」

唐津もひと口食べて頷いた。

民放キー局のプロデューサーが四谷のちっぽけなおでん屋に現れたのは、婚活が切っ掛けだった。

店の常連客の藤原海斗が新しく立ち上げたAI（人工知能）を活用した結婚相談所に、取材を兼ねてバツイチの唐津が入会した。そこで紹介された相手が、めぐみ食堂の常連客・田代杏奈で、杏奈が唐津を案内してきたのだった。

杏奈は結局、AIが適性ありと診断した唐津ではなく、およそ価値観の合わない織部豊という青年との結婚を選んだ。価値観と相性は別物なのかも知れない。

「焼きネギのお浸しか……乙だな。盲点を突かれた」

「野沢菜とジャコ炒めも美味しい。ちょっと、お焼きの中身に似てません？」

「ああ、あれもゴマ油風味だよね」

「野沢菜って、油と相性が良いんですよ」

恵がおでん鍋の火加減を調節しながら言った。

「そう言えば、うちの爺さんは戦争中、長野に疎開してて、一番のご馳走は古漬けの野沢菜を油で炒めたものだったたって言ってたっけ」

「うわ〜、悲惨」

蓮が気の毒そうに顔をしかめた。

「あそこは海がないから、魚介が獲れないんだよね」

そう言いながら唐津は壁のホワイトボードに目を遣った。

本日のお勧め料理は、自家製のしめ鯖、長芋のスモークサーモン巻、蓮根の挟み揚げ、太刀魚の塩焼き、生たらこ煮。

「自家製とあってはしめ鯖は外せないな。それと長芋のスモークサーモン巻。笠原は？」

「私、生たらこ煮、食べたいです。たらこ大好きなんです」

「そういや、パスタはいつもたらこスパだよな」

「やだ、見てたんですか」

蓮は嬉しそうに、はしゃいだ声を出した。

「ええと、次は日本酒だな」

唐津はメニューに目を落とした。

「ああ、王祿の丈径がある。これにしよう。しめ鯖との相性は抜群だ。ママさん、冷酒で二合、グラス二つ下さい」

日本酒にも詳しいのだろう、ほとんど迷わずに注文を決めた。

　自家製しめ鯖は脂ののった鯖を、ほとんど酸味を感じさせないくらい軽く締めてある。お客さんによっては酸っぱいしめ鯖を好む人もいるが、今のところ好評だ。

「美味しい。生より食べやすくて、ツンとくる感じが全然ないわ」

　蓮はひと口食べて、感心したように呟いた。

「これは醤油じゃもったいないな」

　唐津はしめ鯖に山葵を載せ、塩を少し振って口に運んだ。そして丈径のグラスを傾けると、うっとりと目を細めた。

「ああ、とろける……」

「ありがとうございます。鯖が喜んでます」

　恵はニッコリ笑ってサーモン巻に取りかかった。細切りにした長芋をスモークサーモンで巻き、黒胡椒を振っただけの至って簡単な料理だが、見た目の美しさでオードブルにピッタリだ。

「よろしかったら、オリーブオイルをかけてお召し上がり下さい」

　カウンターにオリーブオイルの小瓶を置く。もちろんエクストラバージンオイルだ。

「かけないバージョンとかけるバージョンがあるの?」

「簡単な料理ですから、バリエーションは色々なんですよ。とんぶりやケーパーをトッピングしたり、長芋と一緒に貝割れや大葉を巻いたり。スモークサーモンの代わりに鮪や鯛のお刺身を使うレシピもあるんです。その場合は和風カルパッチョになりますね」

「……料理って、奥が深い」

蓮は目を丸くして肩をすくめた。

「何だか絶望的。今更勉強しても遅いし」

「そんなことありませんよ」

恵の言葉には実感がこもっている。

「私もお店を始めた頃はずぶの素人で、食べるのは好きでしたけど、料理は習ったこともありませんでした」

「うっそ〜。それで料理屋が開けるの？」

「おでんは特別なんですよ。市販のおでん種を買ってきて出汁で煮ればいいんですから。おでん屋でなかったら、私には無理でした」

「それが、今ではこんなしめ鯖が作れるんだから、大したものだよ。努力の賜物だね」

「畏れ入ります」

　恵は小さく頭を下げて、小鍋の火を弱くした。たらこの煮汁が煮立ってきた。最後は蓮根を揚げてお勧めメニューは完成する。

　唐津は丈径のデカンタが空くと、開運を注文した。

「これは静岡の酒で、刺身から揚げ物まで何でもよく合うんだ」

　二人の前には、ほんのり湯気の立つ生たらこ煮の皿が置かれた。普通は醤油とみりんで甘辛く煮るが、敢えておでんの出汁を使ってさっぱりした味に仕上げた。

「おでんの出汁で煮ると、何でも美味しくなっちゃうみたいね」

「昆布と鰹節と鶏ガラが入ってますから」

「鶏ガラ？」

　唐津が興味津々で目を上げた。

「そんなの、入ってるんだ？」

「はい。昔お客さまに教えていただいて、やってみたら美味しいのでずっと……。出汁を取った鶏ガラは賄いで食べてたんですけど、やっぱりお客さまのリクエストでお出ししたら評判が良くて、それ以来スペシャルメニューでお出ししてます」

　鶏ガラは毎回二羽使うので、スペシャルは二名様限定だ。

「知らなかった。そんなのあるんだ」

「召し上がってみます？」

「是非！」

勢いよく答えて蓮を振り向いた。

「笠原、半分食う？」

「う〜ん。三分の一、下さい」

大皿に鶏ガラを盛ってカウンターに置くと、恵は新しいおしぼりを差し出した。

「気にせず、手でむしって召し上がって下さい」

じっくり煮込んだ鶏ガラは柔らかく、骨に残った肉は箸で切れるほどだ。あばらの内側にはレバーの残骸もくっついていた。

「うま……」

唐津も蓮も骨にかぶりつき、肉をしゃぶり取った。鶏ガラを食べ尽くすと、二人はどちらからともなく溜息を吐いた。

「ふ〜」

「あ〜、なんかワイルドな気分」

おしぼりで指を拭くと、唐津はおでん鍋を眺めた。

「次はおでんだから……やっぱり喜久酔かな」

「それはどんなお酒なんですか？」

「これも静岡の酒でね。特に特別純米は穏やかな味わいで甘味がまろやかで、焼き魚、出汁の利いた煮物、湯豆腐にピッタリ。つまりおでんにはもってこいの酒だ」

　ソムリエのようなよどみない解説だ。自分の代わりにお客さんにお酒の説明をして欲しいぐらいだ。

　唐津は喜久酔を二合注文し、おでんの吟味に取りかかった。

「おでんと言えばやっぱり大根とコンニャク、それに昆布……」

「私、牛スジと葱鮪とタコ、いかせてもらいます」

「寿司屋に行ったらウニとイクラと大トロから注文する口だな」

「分かりますう？　美味しいものは先に食べる主義なんです」

「俺は楽しみは後に取っておく主義」

「そんなのつまらないですよ」

「大人の対応と言え。ママさん、それと里芋ね」

　開店からそろそろ一時間が経とうとしていた。

　不意に入り口の戸が開いた。それまでは唐津と蓮の貸し切り状態だったのが嘘のように、立て続けにお客さんが入ってきた。

「いらっしゃいませ！」

矢野亮太と妻の真帆、新見圭介と浦辺佐那子の事実婚カップル、そして童話作家の麻生瑠央と来年に結婚を控えた田代杏奈の二人連れだった。たちまち席は八割が埋まった。

「小生！」

「レモンハイ下さい」

「恵さん、私たちはいつものスペインのカバね。瓶で下さい」

佐那子のお気に入りはドゥーシェ・シュバリエというスペインのスパークリングワインだ。シャンパンと同じ製法で作られているという。

「私たちもカバにしない？」

同じ大学の先輩に当たる瑠央が言うと、杏奈も大きく頷いた。

「いいですね。泡、呑みたかったんです」

そして一つおいた隣の席に座る唐津に会釈した。

「お久しぶりです。その節はご馳走さまでした」

「こちらこそ、ありがとう。式は来年ですか？」

「はい。一月に。二人とも有休が取れるんで、それに合わせて」

「おめでとうございます。末永くお幸せに」

唐津はにこやかに祝福の言葉を述べた。言葉も態度も至って紳士的だが、内心穏やかならぬものがあるのを、恵は感じ取っていた。

杏奈は二十五歳で、結婚相談所に登録する女性としては最も若い年齢に属する。おまけにグラビアモデルのようにスタイル抜群の美女だ。逃(のが)した魚は大きい上、選んだ相手は唐津と比べて遥(はる)かに見劣りする織部だった。杏奈に愛情を感じていなかったとしても、唐津のプライドは傷ついたことだろう。

ちなみに織部は二十九歳独身で、唐津は三十半ばのバツイチだが、仕事の出来るイケメンにとって、離婚歴は瑕(きず)ではなく勲章(くんしょう)のようなものだ。現に、杏奈も唐津がバツイチであることはまったく気にしていなかった。

しかし、モテる男は立ち直りも早い。唐津はすぐに平常心を取り戻し、蓮と会話を続けながら喜久酔を呑み、おでんを平らげた。

「ご馳走さま。お勘定(かんじょう)して下さい」

「ありがとうございました」

勘定を済ませると、唐津は恵を手招きした。

「はい？」

カウンターから身を乗り出すと、唐津は声を落として囁いた。

「明日、開店前に三十分ほど時間もらえませんか？　是非ともご相談したいことがあって」

「はい、よろしいですよ。お待ちしてます」

恵も小声で答えて、唐津と蓮をカウンターの中で見送った。

「確か、ＡＩが勧めてくれたお相手よね？」

杏奈が黙って頷くと、瑠央は大袈裟に溜息を吐いた。

「もったいなくない？　織部くんには悪いけど」

「そんなことありません。それに、あの人は最初から私と結婚する意思はなかったと思います」

「どういうこと？」

「半分はＡＩ婚活の取材が目的で、それは本人も正直に言ってました。あとの半分は、バツイチなので本気で伴侶を探したいと……。でも、どうも私、唐津さんのような人は、結婚相談所に登録するような女性とは、結婚したくないんじゃないかと思うんです」

瑠央は問いかけるように目を瞬いた。

「つまり、結婚したがる女性って、唐津さんには鬱陶しいような気がするんです。勘ですけどね」

「でも、それは杏奈さんには当てはまらないじゃない。あなたも興味本位で登録しただけだし」

恵に〝将来結婚したいと思うなら、早いうちから婚活した方が有利だ〟と背中を押されたのも大きい。しかし、真剣に結婚を考えていたわけではない。何と言っても若すぎて、そのときはまだ結婚に実感が湧かなかった。

「まあ、いずれにしても唐津さんはモテモテだから、私みたいな平凡な女じゃ本気にはなれなかったと思うわ」

恵は杏奈の分析に感心してしまった。確かに唐津のような見るからにモテる男は、結婚相談所に入会するような女性、つまり結婚したがる女性は鬱陶しいに違いない。若くて美人の杏奈に一時的に興味を惹かれたかも知れないが、真剣に伴侶として考えたかどうか疑問が残る。

やっぱり、織部さんと付き合って大人になったんだな。

織部豊と出会う前の杏奈は、もっと自分本位で視野が狭かった。しかし、今は客観的に人や物事を観察し、的確な判断を下している。自分自身に対してさえも。

もしかして人は「まったく価値観の違う相手」と向き合うことによって、精神的な成長を遂げるのかも知れない。

「ねえ、恵さん、さっきの男性もイケメンね」

佐那子がそっと囁いた。

「何をやっている方？」

「テレビ関係の方のようです」

佐那子は隣の圭介に顔を振り向けた。

「ねえ、圭介さん、この前のIT企業の社長と、どっちがイケメンだと思う？」

藤原海斗のことだ。

新見としては苦笑するしかない。

「いやあ、分からないな。いずれ菖蒲か杜若……って、男には使わないか」

「そうだわ、あなた、今日のシメはどうします？」

「そうだなあ」

めぐみ食堂のシメのメニューは、おでん屋の定番茶飯をはじめ、海斗が教えてくれたトー飯、明石焼き、たらこ豆腐などだが、お客さんのご要望があればお茶漬けや焼きおにぎりも作る。

「久しぶりに明石焼きを食べてみたいな」

「そうね。それじゃ、おでんのタコはやめてと……」

最近、新見と佐那子はお勧めメニューを注文すると、シメのメニューも決めておく。そこから逆算しておでんの注文をするのだ。

「こうすると最後になってお腹(なか)いっぱいで食べられないなんて、ないでしょ」

「終わりまで計算しながら食べるなんて、若い頃は考えもしなかったなあ」

「仕方ありませんよ。私たち、もう若くないんだから」

そんな会話をカウンター越しに聞いたのはいつだったろうか。しかし、二人の口調は穏やかで、悲壮感はまるでなかった。毎年寄せ来る年の波を、自然体で受け容(い)れているのが伝わってきて、恵まで心強く感じたものだ。

老いは避けられない。しかし本人の受け容れ方次第で、そのダメージは軽減出来るのではあるまいか。

「ねえ、恵さん。ハイヒールって知ってる？」

隅(すみ)っこの席から真帆が尋ねた。

「ハイヒールって、靴の？」

「それが違うの。豚足のおでん」

「おでんに豚足⁉」

恵がのけ反りそうになったのを見て、真帆は隣の亮太に「ほらね」という風に頷いた。

「この前、ＫＩＴＥと契約している講師三人が呼ばれて、福井と金沢と富山で講演してきたの。最終日が富山で、新幹線に乗る前に居酒屋さんに入ったら、この店みたいにおでんと季節料理の店で……」

ＫＩＴＥは藤原海斗が経営するＩＴ企業で、最近は教育産業にも手を延ばしている。各分野の専門家をスカウトしてユーチューブ配信しているのだが、再生回数はかなり良いらしい。真帆は日本中世史の講座を担当していた。

「おでんのお品書きに〝ハイヒール〟って書いてあって、どんな種か訊いたら、冷蔵庫から豚足を出してきてくれて……」

店の女将は「二十分くらいかかりますけど、いいですか？」と念押しして、豚足をおでん鍋に入れた。

「予め下煮してあったみたい。生じゃなかったわ」

「で、お味はどうでした？」

「それが、美味しいの！　もうトロットロで、舌の上でコラーゲンがとろけそう……」

真帆はその味を思い出したのか、うっとりと目を細めて両手で自分の肩を抱きしめた。

「全然しつこくないのよ。牛スジも美味しいけど、豚足も美味しいと思ったわ。一人で一本、ペロッと食べちゃった」

恵は豚足と言えば冷たい料理しか知らなかった。焼き肉屋で出てくるボイルしてタレを付けて食べる冷製か、煮凝り状の冷製で、温かい豚足料理は食べたことがない。しかし、あのゼラチン質は温めればトロトロになって美味しいはずだ。

「彼女からその話を聞いて、俺もう、食べたくて。ねえ、ここでも豚足おでんやらない？」

亮太が哀願するように訴えた。

「そうねえ。お話聞いたら、私も食べたくなってきたわ。特にこれから冬だし、温まりそうで良いわね」

「やった！」

亮太は真帆と片手でハイタッチした。

「でも、富山で豚足おでんって、ちょっと不思議な組み合わせね。白エビとかホタルイカとか黒作りとか、海産品は有名だけど。あと、昆布締めと氷見うどん……」

「豚足のおでん、多分発祥は沖縄だと思いますよ」

新見が遠慮がちに口を挟んだ。

「ゼミの生徒で沖縄の子がいて、おばあさんの作るテビチおでんが懐かしいと言ったので、テビチとはなんぞやと訊いたら、豚足のことだと教えてくれました。沖縄料理は豚肉をよく使うんだそうです。それこそ、頭から足の先まで、余すところなく」

「分かります。日本料理では魚は内臓も腸も使うし、ヨーロッパでは血も捨てないでソーセージにしますものね」

生き物の命をいただくからには、どの部位も可能な限り料理して、食するのが礼儀だろう。

「十二月になったら、豚足おでん始めます！」

恵は高らかに宣言した。

翌日、開店三十分前の五時半、唐津旭は約束通り、笠原蓮を伴ってめぐみ食堂を訪ねてきた。

「どうぞ、お掛け下さい。カウンターしかありませんけど」

恵は椅子を勧めて煎茶を淹れた。

唐津は真っ直ぐ恵に目を向けて、用件を切り出した。

「玉坂さん、単刀直入に申し上げます。私共の『ニュース２・０』で、めぐみ食堂を婚活のパワースポットとして紹介させていただきたいんです」

「えっ？」

「この店で知り合って結婚に至ったカップルは何組もあると伺っています。現に田代杏奈さんもこの店で出会った男性と結婚が決まりました。ここには場の空気というか、何か独特の力が働いてるんじゃないかと思うんですよ」

「そんなことは……」

「いや、仰りたいことは分かります」

唐津はさらりと後を引き取った。

「美味しい料理と美味しいお酒でご常連の心を摑んでいるのに、縁結び神社みたいなノリで紹介されて、婚活目的の一見さんが詰めかけたら、お店も常連さんも大迷惑だ……でしょう？」

「はい」

「もちろん、私共もそんな風に取り上げるつもりはありません。大人のお客さんに愛される店というコンセプトは大事にさせていただきます」

唐津は恵の危惧を打ち消すように、にこやかに請け合った。

「ただ、どうでしょう、去年からの流行病で、人と人との繋がりが希薄になったことは否めないと思いませんか？」

「はい。それは感じています」

「会社もリモートが増えましたからね。男女の出会いはますます遠のくばかりです」

いよいよ唐津の話が本丸に踏み込んできたので、恵は居心地悪くなって身じろぎした。

「ご存じとは思いますが、今や日本人男性の四人に一人、女性の七人に一人が、五十歳時点で結婚経験がありません。しかも、これは日本に限った現象ではないようです」

韓国、台湾、シンガポールなど、ＧＤＰの高いアジアの国々では、未婚化に伴う少子化が急速に進んでいる。

「私は別に結婚だけが人生の幸せだと思ってるわけじゃありません。しかし、結婚しないでいる人の中には、好い人と出会えたら結婚したいと望んでいる人が、少なからずいると思うんですよ、男女共に。私だって、好い人がいたら再婚したいと望んでます」

唐津のような容姿と収入に恵まれた大モテ男がそんなことを言っても、まるで説得力に欠けるが。

「そこで視聴者に、結婚相談所や婚活パーティーやマッチングアプリ以外でも、人と出会える意外な場所があることをご紹介したいんです」

それまで気負わずに話していた唐津の声に熱がこもってきた。

「視聴者に一番お伝えしたいのは、めぐみ食堂が婚活を目的とした場所ではないことです。不思議なご縁に恵まれた人もいるけれど、彼らがここを訪れたのは美味しい料理と美味しいお酒に惹かれたからであって、決して婚活が目的ではなかった……。これは婚活を望む人の免罪符になるはずです」

「免罪符って？」

黙って隣に座っていた蓮が、恵の方に身を乗り出した。

「婚活パワースポットを訪れるって、ある意味、女性には恥ずかしいことなんです。どうせ旦那をゲットしたいんだろうって、足下を見られている気がするじゃないですか。でも、めぐみ食堂ならそれはおまけで、本来の目的は美味しい料理と美味しいお酒。これなら、視聴者の方も気軽にこちらのお店に来られると思うんですよ」

「正直言って、お店の宣伝にもなりますよ」

唐津が余裕のある笑顔を見せて続けた。

「ここは常連さんに支えられてますね。それは良いお店の証明でもあるけれど、やっぱり二割から三割はご新規のお客さんが必要じゃありませんか？」

「はい。それはいつも考えてます」

常連さんは定年を迎えれば、あるいは転勤になれば来店しなくなる。だから常にご新規のお客さんを開拓して新陳代謝を図らないと、店は長く続かない。

「夕方のテレビを観るのは中高年層が多いですが、番組を観た母親から『この店に行ってみたら？』なんて勧められる可能性もある。働き盛りの新しいお客さんが増える可能性は大ありですよ」

うまく言いくるめられた格好だが、恵は唐津のセリフに大いに心を動かされた。

常連さんの中には定年を控えたサラリーマンが何人かいる。その人たちがお店から遠ざかった後に、働き盛りの年齢の新しいお客さんが獲得出来たら、こんなラッキーな話はない。

　唐津は恵の気持ちの変化を見逃さなかった。

「ところで玉坂さん、あなたが昔、人気占い師〝レディ・ムーンライト〟だったことを、番組内でご紹介してもよろしいでしょうか？　もちろん、ご迷惑のかかるような内容にはしませんので」

　一瞬、「それは内密に」と言いそうになったが、口に出す前に引っ込めた。インターネットで検索すれば、恵の経歴は誰でも知ることが出来る。

「それは構いません。ただ、私はもう、人の運命や未来を占う力はなくしてしまいました。だから占い師を廃業しておでん屋を開業したんです。そのことはキチンと知らせていただけますか？」

「はい、もちろんです」

「良かった」

　恵は気弱な笑みを浮かべた。

「考えてみればとてもありがたいお話ですね。出来る限り協力させていただきます」

「ありがとうございます。お引き受け下さって安堵しました。心から感謝します」

唐津と蓮は同時に椅子から滑り降り、深々と頭を下げた。

「こちらこそ、よろしくお願いします」

恵も二人に向かって丁寧に頭を下げた。


恵は女子大生のとき、政財界の有力者を顧客に持つ大物占い師・尾局與のアシスタントのアルバイトをした。與は恵に生まれつき授かった不思議な力があることを見抜き、弟子に採用して占い師として華々しくデビューさせてくれた。そのときの芸名が〝白魔術占い　レディ・ムーンライト〟である。

恵はたちまち売れっ子になり、女の厄年の三十三歳で結婚した。ところが、四十歳のとき、夫とアシスタントが不倫の末、事故死するという惨事に見舞われた。未来を見通せるはずの占い師が自分の夫の不倫も事故も見抜けなかったことで、恵はマスコミからひどいバッシングを受けた。

その結果、将来の出来事や失せ物、本人にも分からない因縁など、目に見えないものを見る力を失ってしまった。

しかし、おでん屋の女将として再出発して十年後、人と人との縁がぼんやりと見えるようになった。昔のような大きな力ではなく、ささやかな力だが、その力にこれまでの人生経験を加えて、人が幸せになるお手伝いをしたいと願うようになった。そして現在に至っている。

「英会話教室、続いてます？」

「もちろん。ＳＮＳも続けてるわ。やっぱり文章力って大事よね」

恵の問いに、大友（おおとも）まいは屈託（くったく）のない表情で答えた。児童養護施設「愛正園（あいせいえん）」の事務職員で、夫と死別して一人暮らしの六十代だ。

時計が十時を回った頃、二人連れと三人連れのお客さんが席を立ち、今店には、まいだけだった。もしかしたら、今日のお客さんはこれで打ち止めかも知れない。

「長芋のスモークサーモン巻、美味しいわね。見た目もきれいで、カバにピッタリだわ」

まいはドゥーシェ・シュバリエをグラスで注文して呑んでいる。肴は大皿料理の全部載せの他、生たらこ煮を選んだ。

「おでんにハイヒールって種があるって、ご存じ？」

「いいえ。何、それ？」

目を丸くしたまいに、恵は豚足のおでんの説明をした。

「来月、うちでもやってみます」

「あら、じゃ、またアビーとアンディを連れてくるわ。二人とも豚足が大好きだって言ってたから」

二人はまいの通う英会話教室の講師で、アビーはオーストラリア出身の女性、アンディはジャマイカ生まれ大阪育ちの男性。どちらも日本語がとても流暢だった。

「それとね、テレビの取材が入ることになったんです」

恵は『ニュース2・0』の一件を話した。

「新しいお客さんを開拓出来ますよって言われて、スケベ心が出ちゃった。うちも、流行病で売上げが落ちたし」

まいは同情を込めて頷いた。

「大変だったものねえ、特に飲食店は」

そしてカバの瓶を指差した。

「厄落としに一杯如何？　奢るわ」

「わ、嬉しい。いただきます」

恵はフルートグラスを出して、カバを注いだ。

「乾杯」

　軽くグラスを合わせてひと口呑むと、爽やかな発泡酒が喉を滑り落ち、それだけで気分がスッキリする。

　まいは今年、英語力向上のためにSNSを始めたのだが、運悪く「国際ロマンス詐欺」に引っかかってしまった。恵が不審を感じて注意しなければ、金をだまし取られたかも知れない。

　実害はなかったものの、人の好さに付け込まれ、気持ちを弄ばれたまいの心中は察して余りあった。しかし、その心の傷もほぼ癒えたようだ。今もSNSを続けているのだから。

「実はね、来月、保護猫の譲渡会があるの。行ってみるわ」

「まあ、それは、それは」

　まいは夫の死後、長年飼っていた猫にも死なれて、住み慣れた一戸建てを売って四谷のマンションに引っ越してきた。ペット可なので新しく猫を飼いたいと希望し、保護猫のNPO法人に子猫を申し込んだのだが、里親の年齢制限が厳しく、六十代では子猫を譲ってもらうことが出来ないと語っていた。

「だから、成猫にしたわ。性格さえ合えば、大人になった猫とでも仲良くやっていけると思うし」

「そうですか。相性の良い猫と出会えると良いですね」

恵は相槌を打ちながらも、頭の片隅に「独身の女が猫を飼ったら、まず結婚は出来ない」というあるエッセイの一文が思い浮かんだ。猫と暮らすことによって「愛し、愛され」の関係が成立してしまうので、もはや人間の男の愛を必要としなくなるのだそうだ。

十一時少し前にまいは帰っていった。今夜はこれで店仕舞いだ。

入り口にぶら下げた「営業中」の札を「準備中」にひっくり返し、立て看板の電源プラグを抜いて店の中に仕舞った。最後に暖簾に手をかけると、こちらに歩いてくる真行寺の姿が目に入った。

「あら、いらっしゃい。どうぞ」

「もう看板だろう」

「だからお構いしませんよ。大根とコンニャクは残ってますけど」

恵は真行寺を店内に招き入れて、カウンターに座らせると、ビールの小瓶を出して栓を抜いた。

閉店時間は知っているはずだから、わざわざこの時間を選んで訪ねてきたのだろう。つまり、内々で話があるわけだ。

「大輝くんのこと？」

「ああ。どうだ、元気にしてるか？」

「元気、元気。学校も楽しいって」

「そうか」

真行寺は安堵したような声になった。一代で大手不動産賃貸会社を立ち上げた立志伝中の人物で、めぐみ食堂の入るビルのオーナーでもあった。恵とは女子大生時代、尾局與のアシスタントをしているときに知り合ったので、かれこれ三十年以上の付き合いになる。

真行寺は一家心中の生き残りだった。夜でも濃いサングラスを外さないのは、右の瞼のケロイドを隠すためだ。尾局與に命を救われ、その後も手厚い支援を受けて成長した。その恩義を忘れず、「玉坂恵の力になって欲しい」という與の遺言を守り続けている。

恵がバッシングを受けて占い師を廃業したときも、もらい火で焼け出されたときも、救いの手を差し伸べてくれた。無愛想で口は悪いが、義理人情に厚い人間だった。

江川大輝は児童養護施設愛正園で暮らす少年で、真行寺がふとした縁で知り合った美里という女性の息子だった。美里が事故死し、伯母に当たる女性が失踪したので、代わりに後見を引き受けた。そんな義理はないのだが、おそらく、天涯孤独になった幼い少年に自分の生い立ちを重ね合わせ、見捨てておけなかったのだろう。

「仲の良い友達がいなくなって、寂しがってるかと思った」

愛正園で大輝が仲良くしていた新は、今年の夏、息子を亡くした夫妻の元に引き取られた。今は新しい両親のもとで幸せに暮らしているらしい。

「メールの遣り取りはしているみたいよ。それに、学校には友達もいるし」

大輝の後見を引き受けたものの、結婚経験もなく、子供が苦手な真行寺は、月に一度の面会がどうにも苦痛らしかった。子供と何を話していいか分からず、沈黙したまま仏頂面になってしまう。すると子供の方も萎縮する。最初は大輝との面会の場所にめぐみ食堂を使っていたのだが、そのうちに恵も大輝と仲良くなり、真行寺の代わりに、大輝を苺狩りや遊園地、映画館に連れて行くようになった。

「日曜日に、凜ちゃんと澪ちゃんも一緒に、映画を観てきたわ。ええと……『蒼穹のナントカ』っていう」

凜と澪も愛正園で暮らす子供で、大輝と同い年で仲が良い。

「そうか。世話になった。また牛タンでいいか？」

大輝を遊びに連れて行くと、真行寺はその御礼として国産黒毛和牛の高級牛タンを届けてくれる。恵はそれをおでんに煮て、店で出している。

「いつもすみませんね。それと、来月はおでんの新作が登場するの。ハイヒールよ」

真行寺はグラスを傾けていたが、途中で小さくむせた。

「……何だ、そりゃ？」

「豚足のことですって。お客さんが富山のおでん屋さんで食べて、すごく美味しかったって言うから、うちでもやってみるの。発祥は沖縄のおでんらしいわ」

真行寺は空になったグラスをカウンターに置いた。もう帰るつもりだろう。

「それとね、テレビの取材が来るの」

「どこの？」

「東陽テレビの『ニュース２・０』ですって」

恵は唐津からの取材申し込みの経緯を話した。

「どう思う？」

「悪い話じゃない。確かに、テレビに出れば店の宣伝になる」

サングラスをかけた目で、店内をぐるりと見回した。

「それに、新しい客を開拓出来るというのは魅力的だ。こういう小さな店は、常連でもってるからな。どうしても初めての客は入りにくい」

「お宅の他のテナントさんは、どうしてるの？」

「みんな苦労している。特に所謂、高級クラブは大変だ。次の世代の客が育たなくて」

「今の若い人、お酒呑まない人が増えたものね」

「それだけじゃない。銀座の高級クラブで札びら切るのがステータスだという世代は、もはや少数派なんだよ。女の子が目当てなら新宿のキャバクラの方が若くて可愛いし、酒なら名人のバーテンダーのいる静かな店の方が美味い」

真行寺は苦笑いを漏らした。

「若いサラリーマンが上司に高級クラブに連れて行ってもらい、自分が出世したら部下を連れて行く……そういう連鎖によって戦後、高級クラブは栄えてきたが、もう終わった。平成生まれは経済観念がシビアだからな。バカな金の使い方を嫌う。ま、生まれてからずっと右肩下がりの経済状況が続いてきたんだ、無理ないさ」

恵は思わず「椿さんも大変ね」と言いそうになり、あわてて口をつぐんだ。

朝香椿は銀座の超高級クラブ「カメリア」のオーナーママで、かつて真行寺と愛人関係にあったらしい。今は純粋に家主と店子の関係だが、今でも固い信頼関係があることを、恵は察していた。

真行寺は椅子から降りると、カウンターに一万円札を置いた。

「せっかくのチャンスだ。頑張れ……なんて言わなくても、テレビは自分の庭みたいなもんだろう」

「昔取った杵柄。今じゃどうかしら」

真行寺は黙って片手を上げ、左右に振って店を出て行った。


翌日から『ニュース2・0』のスタッフは、めぐみ食堂の撮影準備に入った。担当責任者は笠原蓮だった。

「まずは、めぐみ食堂で出会って結婚したカップルを取材させていただきたいのですが、分かるだけで結構ですから、お名前と連絡先を教えていただけませんか？」

恵は名刺台帳を開き、印象的なカップルを書き出した。蓮はそれぞれのカップルについて、年齢・職業・出会いのエピソードなどを聞き取った。

「この、見延さんご夫婦と左近さんご夫婦、それに宝井さんご夫婦には、是非取材させていただきたいですね。皆さん、とても異色なカップルだわ」

カップルを書き出したリストを手に、蓮は興味深そうに目を輝かせた。

見延晋平と妻の茅子は親子ほど年の離れた、しかも女性が年上という年の差婚。左近由利とナレイン・ラマンは日本とインドの国際結婚。宝井純一はアフリカで活動中のＪＯＣＳの医師、その妻となった旧姓吉本千波は美容整形で有名な吉本美容整形外科の令嬢で、つまり絵に描いたような格差婚だった。

「でも、千波さんと宝井先生はケニアにいるんですよ。取材、出来るんですか？」

「今はＺｏｏｍがありますからね。大丈夫です」

蓮は余裕綽々で答えた。

久しぶりに茅子と晋平、千波の顔を見られるのは嬉しかった。子供を産んだ由利はたまに店に来てくれるが、茅子と晋平夫婦は大阪に引っ越して以来会っていない。まして千波は宝井とケニアに行ったきりなのだ。

幸せなのは分かっている。しかし、近況も知りたい。懐かしい。

恵も放送を観るのが楽しみだった。

一週間後、めぐみ食堂で撮影があった。その日は六時から八時まで「本日貸切り」の紙を貼った。

集まったのは矢野亮太と真帆夫婦、浅見優菜と遥人夫婦、新見圭介と浦辺佐那子の事実婚カップル、そして結婚を控えた田代杏奈と織部豊。みんなめぐみ食堂で出会ってカップルになったお客さんたちだ。前もって当日来てくれるよう頼んだところ、快く承知してくれた。

「皆さん、いつものように自然な感じで、おしゃべりしながら食事とお酒を楽しんで下さい」

蓮が声をかけたが、狭い店の中で照明を当てられ、カメラを向けられているので、みんな少し緊張していた……恵以外は。

恵は十三年前まで、毎日のようにテレビカメラに囲まれる生活をしてきた。だからテレビに出ることに特別な感慨はないし、緊張もしない。

「まず、お飲み物を伺いますね。お通しは皆さん、全部載せでよろしいですか?」

「はい」

「それでお願いします」

あちこちから、やや固い声が返ってきた。

今日の大皿料理は、オリーブ入りのポテトサラダ、カブと鶏挽肉のゼリー寄せ、焼きネギのお浸し、長芋の梅おかか和え、ホウレン草とベーコンのキッシュ。

「このポテトサラダ、新作？」

佐那子がカウンターの上の大皿に目を近づけた。マッシュしたポテトには粗みじんに刻んだ黒と緑のオリーブが散っている。

「はい。マヨネーズは使っていなくて、生クリームとアンチョビで和えています。イタリアのピエモンテ州の料理だとか」

ポテトサラダのバリエーションも限りがない。

「大人の味ですよ。皆さんにピッタリ」

恵の説明で、一同はいくらか緊張感から解放されたらしく、それぞれ飲み物の注文を始めた。

小生、レモンハイ、スパークリングワイン……。

乾杯して少しアルコールが入ると、一同はようやくいつものペースを取り戻した。

「ええと、今日のお勧めは……」

壁に掛けたホワイトボードに全員の視線が集中する。

豊洲で仕入れたタコとホタテは、刺身またはカルパッチョ。ゆり根のバターホイル焼き、エリンギの肉巻き、蓮根の挟み揚げ。そして何と言っても目を惹くのは特製牛タンのおでんだ。

「例の、高級和牛？」

優菜がいくらか上ずった声で訊いた。緊張したのではなく、期待で胸が高鳴っているからだ。

「はい。この日のために仕入れました」

真行寺から届いた高級牛タンを冷凍しておいた。撮影に協力してくれたお礼に、今日の料理はすべて無料で提供するつもりだった。

「まずは牛タン！　話はそれから」

「僕も！」

「私も！」

一斉に手が上がり、店内は笑いに包まれた。

そのまま和（なご）やかな雰囲気で進行し、途中で蓮がマイクを向けて質問しても、皆落ち着いて答えてくれた。

「私はこちらのママさんに、娘の婚活をお願いしたことです」

佐那子と出会った切っ掛けを訊かれて、新見が答えた。

「すると彼女も親身になって色々と助言してくれましてね。話をするうちに惹かれていきました」

「このお店以外のところで知り合ったとしたら、それでも結婚に進んだと思いますか？」

「無理だったと思います。実はその頃、私は自分は末期癌だと思い込んでいて、それで娘の結婚を焦ったんです。ところが、娘の結婚が決まってホッとして、ママさんに癌を告白したら、絶対に違うと言ってくれたんですよ。別の病院で検査した方がいいと……」

　質問している蓮の方が驚いて息を呑んだ。

「誤診でした。目の前をふさいでいた霧が晴れたような気分でしたよ。それで勇気を出して、彼女にプロポーズ出来ました。他の店で出会っていたら、今の私たちはなかったかも知れません」

　佐那子は黙って微笑んでいた。その笑顔で十分だった。

　次に亮太と真帆にもマイクが向けられた。

「彼女とは高校の同級生で、偶然この店で再会したんです。だから、その場所が他の店であっても、僕は彼女と結婚したと思いますね」

真帆は恥ずかしそうに首を振った。

「その当時、私は両親を亡くして色々と問題を抱えていました。でも、ママさんのお陰で厄介なしがらみから抜け出すことが出来ました。このお店でママさんと出会っていなかったら、私は亮太さんと結婚出来たかどうか分かりません」

「私、最初の頃、ママさんの勧めで婚活してたんですよ。マッチングアプリとか使って」

マイクを向けられると、優菜は楽しそうに話した。

「でも、いつの間にか婚活より着物で洋服や小物を作るのが楽しくなっちゃって、そのうち商業ベースに乗るようになって、仕事を通して遙人さんと知り合ったんです。だから、風が吹けば桶屋が儲かるじゃないけど、この店に通っていなかったら、遙人さんとも出会えなかったんじゃないかって思います」

最後にインタビューを受けた杏奈と豊は、顔を見合わせてクスリと笑みを漏らした。

「僕らも、この店に来ていなかったら、多分結婚はなかった気がします」

「私も。だって私たち、価値観が全然違うんですもの」

「そうそう。ママさんの勧めで二人ともＡＩ婚活やってる結婚相談所に入会したたんですよ。そしたら、すごく価値観の合う女性を紹介してくれて……」

「すごくお似合いだったわよね。どうして断っちゃったの？」

「僕にはもったいない人でした。君の方はどうして断っちゃったの？　すごいイケメンだったのに」

「ご立派すぎて、私には」

マイクを向けながら、蓮は必死で笑いを堪えていた。

「まあ、価値観は合わないけど、どっか気が合うんですよね」

「そうなの。彼は私が全然好きじゃないものが好きなんだけど、そこが面白いっていうか。世の中にはちくわぶが好きな人もいるんだって」

「尾崎豊が大っ嫌いな人もいるんだって」

杏奈と豊は笑いを弾けさせた。内面の幸せが身体の外に溢れ出すかのように。

「お疲れ様でした。終了です。本日はありがとうございました」

蓮が頭を下げて挨拶し、スタッフもそれに倣った。ライトが消され、撤収作業が始まった。

「放送はいつになりますか？」

「来週の月曜か火曜です。決まり次第ご連絡させていただきます」

撮影スタッフが帰って行くと、集まったカップルたちも帰り支度(じたく)を始めた。

「今日はわざわざありがとうございました」

「こちらこそ、ご馳走さまでした」

「放送、楽しみにしてます」

「どうぞ、お気をつけて」

恵は店の外に出て、一同の後ろ姿を見送った。


『ニュース2・0』のめぐみ食堂特集の放送は十一月三十日の火曜日だった。その時間は営業中なので、録画しておいて店を閉めてから観た。

「四谷しんみち通りにある小さなおでん屋さん、めぐみ食堂。女将の玉坂恵さんが一人で切り盛りする、カウンター十席の小さなお店です。自慢のおでんと季節の手料理でお客さんをおもてなしする、とても居心地の良いお店。でも、このお店には小さな秘密があります……」

ナレーションと共に店の外観が映し出され、次にカメラが店の中に入って行く。

大皿料理の並ぶカウンターと常連のお客さんたちの様子が画面に現れる。和気(わき)藹々(あいあい)とした雰囲気で、料理と酒を楽しむ情景に続き、新たなナレーションが流れる。

「女将さんの玉坂恵さんは、実は十三年前まで大人気の占い師でした。〝白魔術占い　レディ・ムーンライト〟、ご記憶の方もいらっしゃるでしょう」

当時の恵の映像が画面に現れた。白いベールを被り白のロングドレスを着て革表紙の偽ヘルメス文書を掲げた姿は、今見ると噴飯物だが当時は大受けした。

「あら……」

画面は切り替わり、幼い娘を抱いた左近由利とナレイン・ラマンが現れた。自宅マンションでのインタビューで、二人ともリラックスしている様子だ。

「最初から好意は持っていました。きれいな人だから」

いつから由利に好意を持ったのかという質問に、ラマンは照れた様子もなくはっきりと答えた。

「でも、気持ちが深くなったのは、従兄弟が東京で店を出すために来日して、一緒に候補を探してくれたときからです。色々と話すうちに、彼女の内面が分かってきました」

そして「由利とは仕事を通して知り合ったので、めぐみ食堂にどんな効用があったのか、私には分かりません」と続けた。

しかし、由利はマイクを向けられるときっぱりと言った。

「私はめぐみ食堂がなかったら、彼とは……いえ、誰とも結婚出来なかったと思います」

由利の両親は鴛鴦夫婦だったが、母が交通事故で急死すると、父は三回忌も済ませないうちに母の親友だった女性と再婚した。それで由利は男性に根深い不信感を抱くようになった。ラマンにプロポーズされて気持ちは動いたものの、二年前に愛妻を癌で失ったばかりだと知り、不信感が頭をもたげた。この人の亡き奥さんへの愛は、たった二年で消えてしまった。それなら自分への愛も……？

「そのとき、店の常連だった女性が言ってくれたんです。父が再婚したのは愛がなくなったからじゃない、二人で生きる幸せが忘れられなくて、一人で生きるのが辛くなったからだって。ラマンに幸せな結婚生活の記憶があるなら、亡くなった奥さんを大切にしたように、きっと私のことも大切にしてくれるって」

「……深いお言葉ですね」

蓮が感心したように言うと、由利は大きく頷いた。

「彼女の言葉に背中を押されなければ、私は結婚に踏み切れませんでした。そういう方とのご縁を繋いでくれたという意味で、私にはめぐみ食堂は特別な場所なんです」

　画面は再び切り替わり、見延晋平と茅子が映し出された。

「ああ、そんなこともありましたね」

　由利のエピソードを尋ねられ、茅子は懐かしそうに目を細めた。

「僕もその場にいたんです。あの瞬間、『惚れた！』と思いました」

　茅子は恥ずかしそうに両手で顔を覆った。

「それまで店で何度も顔を合わせていたから、落ち着いた優しい感じの人だとは思ってました。でも、女性として意識するとかはありませんでした。決定的だったのは、デパートで上司にいびられてる姿を見たときかな」

　晋平は頭に血が上り、茅子をその職場から連れ去り、「こんな仕事辞めちまえ！俺と結婚してくれ！」と叫んだ。

「まあ、ドラマチックですね」

「あんなこと、生まれて初めてですよ」

　晋平は照れて頭をかいた。

「失礼ですけど、周囲から反対の声はありませんでしたか？」

「うちの親は最初はびっくりしたけど、僕は兄がいて、結婚して子供が二人いるんで、それほど強硬じゃなかったです。それに、彼女と引き合わせたら、掌返しで仲良くなりましたね。やっぱ、年齢が近いから話が合うんですよね」

　茅子はマイクを向けられると、しみじみとした口調で答えた。

「恵さんには心から感謝しています。彼女が強く勧めてくれなかったら、私はとても……」

　あのとき、恵は言った。茅子さん、もう〝良い人〟はやめなさい、と。そして続けた。人は何かを得るためには何かを諦めなくてはならない。あなたが諦めるのは世間の評判だ。これから口さがない人たちに〝いい年をして〟〝色ボケ〟〝恥知らず〟等々、散々ひどいことを言われるだろうけど、晋平と共に生きる幸せに比べれば、そんなもの屁でもない、と。

「それで決心がつきました。晋平さんと一緒に生きていけるなら、二人の幸せ以外は全部捨てようと……」

　晋平と茅子が夫婦円満で幸せに暮らしていることは、画面からも十分に伝わってきた。

「最後に、めぐみ食堂で出会って結ばれて、外国で暮らしているカップルをご紹介しましょう」

ナレーションに続いてケニアの地方都市の映像が流れ、Ｚｏｏｍの画面に千波と宝井純一の顔が現れた。千波が吉本美容整形外科の一人娘で、宝井がケニアで医療活動をしているＪＯＣＳの医師だという説明も加わった。

日本にいるときは長い髪を丁寧に巻いて、化粧もネイルも完璧だったのに、今の千波はベリーショートでノーメイクだった。それでもかつてより自信に満ち、生き生きとしていた。

「お二人の出会いの切っ掛けは？」

「私が事故で入院して、そのときの担当医が彼でした」

「めぐみ食堂で知り合われたのではないんですか？」

「ええ。でもあそこのママさんがいなかったら、私、彼と結婚しなかったかも知れません」

千波はチラリと宝井の顔を見て、嬉しそうに微笑んだ。

「私、彼に会うまで、幸せにしてくれる人をずっと探していました。でもママさんは、幸せって人から与えられるものじゃなくて、自分の力で作っていくものだって教えてくれました。それでやっと気がついたんです。私が求めていたのは純一さんに幸せにしてもらうことじゃない、二人で幸せを摑むことなんだって」

宝井は明らかに照れていたが、最後に画面に向かって「お陰様で、とても幸せです」と笑顔を見せた。

ナレーションは、「めぐみ食堂は一見、婚活パワースポットのようですが、実は人生経験豊富な女将さんの親身なアドバイスが、結婚に向かう勇気を与えてくれているのかも知れません」と締めくくった。

恵はテレビを消して、ホッと胸をなで下ろした。

唐津が約束した通り、番組内容はまともで、変な取り上げ方はしていなかった。めぐみ食堂に集う(つど)お客さんたちの人間ドキュメンタリー的な要素もあって、素直に面白かった。

この番組を切っ掛けに、筋の良いお客さんが増えてくれたら嬉しいんだけど……。

そう思う一方、何故(なぜ)か妙な胸騒ぎも始まっていた。

二皿目

番組ゲストはエノキ焼売（しゅうまい）

カレンダーから十一月の頁を破り取ると、残りは一枚しかない。この一枚を目にする度に、一年も終わりが迫っていると身に沁みる。

時計の針は六時五分前を指していた。すでに大皿料理五品は出来上がり、カウンターに載せてある。

今日のメニューは、サツマイモのレモン煮、芽キャベツのアンチョビガーリック炒め、京菜のお浸し、叩きゴボウのゴマ和え、卵焼き。

そしてお勧め料理は、平目（刺身またはカルパッチョ）、自家製あん肝、自家製しめ鯖、牡蠣フライ、キノコのアヒージョ、エノキ焼売。

芽キャベツのアンチョビガーリック炒めとエノキ焼売は新作だ。軽く茹でた芽キャベツを半分に切り、ガーリックオイルで炒めてアンチョビを加える。これまで芽キャベツはバター炒めだけだったので、少し目先を変えてみた。エノキ焼売はピーマン焼売の姉妹品で、焼売の皮の代わりにエノキを使う。成形して冷蔵庫に入れておけば電子レンジに入れて五〜六分で完成するお役立ち料理だ。

そして、おでんの種にはイイダコが登場した。イイダコは全長十センチに満たない小さなタコで、冬から春にかけて、身がはち切れそうなほどの卵を孕む。卵が米粒状をしているので、〝飯蛸〟と書く。甘辛く煮つけるのが一般的だが、おでんも大変美味しい。

更に、先月真帆から聞いた豚足おでんも準備した。これは直接おでん鍋には入れず、下煮したものを注文が入ってから別の鍋で煮る。東京では珍しいこのおでん種が吉と出るか凶と出るか、チャレンジの始まりだ。

さあ、師走初日の営業だ。頑張るぞ！

心の中で気合いを入れ、恵は暖簾を出そうと入り口の戸を開けた。

「……！」

その瞬間、言葉を失った。店の前に五人の男女が並んでいるではないか。開店以来、行列が出来たことなどなかったのに。

「あ、あの、うちへお見えになったんですか？」

つい間の抜けた声で訊いてしまったが、行列の男女はそれぞれ肯定の返事をした。

「どうぞ、お入り下さい。お好きなお席へ……といってもカウンターしかありませんが」

不覚にも狼狽して、舌を嚙みそうになったが、ともかく初めてのお客さんを店へ通し、暖簾をかけて店内に戻った。

「お待たせしました。まずはお飲み物から伺います」

カウンターの中に入り、おしぼりを五つ出しながら、お客さんの顔を見回した。

七十代と思しき男女は夫婦らしい。他に四十半ばくらいの男性と、四十前後の女性が二人。三人は知り合いではなさそうだ。それぞれビールやレモンハイを注文したが、七十代の女性はウーロン茶を頼んだ。

「カウンターの大皿料理がお通しになります。二品で三百円、五品全部で五百円になりますが、如何しましょう？」

恵が尋ねると、五人は揃って全部載せを頼んだ。その関心のなさそうな顔を見ると、料理に惹かれたわけではなく、五品から二品選ぶのが面倒臭いからだと思われた。

それぞれの客の前に大皿料理五品を盛った皿を置くと、七十代の女性が待ち切れないように口を切った。

「昨日、テレビを拝見しました。それで、ワラにもすがるような気持ちで伺いました」

女性の切羽詰まった顔つきに気圧されて、恵はわずかに後ずさった。

「私共の息子は来年五十になります。でも、これまで一度も女性とお付き合いしたことがないんです！　このままでは一生結婚出来ずに死んでしまうかも知れません。どうか、助けて下さい！」

女性は泣かんばかりに訴えると、隣に座る夫を肘でつついた。あなたからも何か言いなさい、というつもりだろう。

夫の方も重い口を開いた。

「息子は男子校から大学の工学部に進んで、大手メーカーの研究所に就職しました。女性のほとんどいない職場で働くうちに、婚期を逃したと言いますか……」

七十代の夫婦はキチンとした服装をしていて、容貌にも知性が感じられた。現役時代はサラリーマンか公務員だったのだろう。息子も両親と同じようなタイプと思われた。

「申し遅れましたが、私、こういう者です」

夫の方が背広のポケットから名刺を取り出した。「四井金属　社友　正岡昭一」とある。四井金属は財閥系グループ企業で、社友とはその会社を定年退職した元社員、という意味だ。

「妻の和子です」

何とも昭和らしい名前の夫婦だと、恵は妙に感心した。

「あのう、息子さんが今まで結婚されなかったのは、出会いがなかったことだけが理由ですか？」

「と仰いますと？」

「こういう時代ですからハッキリ申し上げます。例えば同性愛とか？」

　正岡夫婦は椅子から跳び上がらんばかりに驚愕した。

「そんなこと、絶対にありません！」

「息子はごく普通の中年男です。中学のとき、担任の女の先生を好きになって、先生がご結婚なさって異動されたときは、食欲がなくなって痩せたくらいです。周りに年頃の女性のいる職場だったら、交際相手を見つけて結婚していたはずです」

　二人の剣幕に、恵はそれ以上の追求をやめた。

「お話はよく分かりました。私の経験から一つ言わせていただくと、息子さんが結婚するためには、結婚相談所に入会されるのが一番の早道だと思います」

「結婚相談所ですか？」

　正岡夫婦はいくらか疑わしげな口調で問い返した。

「正直、息子さんの年齢を考えると、今から好きな相手を探して、恋が芽生えるのを待っていたら、あっという間に高齢者になってしまいます。今すぐ結婚してお子さんが生まれても、成人するとき息子さんは七十歳を過ぎています。グズグズしている暇はないんです」

恵は、自分の言葉が正岡夫婦の胸に刺さっていないのを感じた。二人とも反応が鈍い。

「失礼ですが、息子さんの結婚に関して、もう少し早めに手を打とうとは思われなかったんですか？　少なくとも四十歳になったくらいで」

追い打ちをかけるように語気を強めた。普段は初対面の人にこんな風にズケズケした言い方はしないのだが、未婚の息子を案じる正岡夫婦のためを思い、心を鬼にした。

女性は年齢が上がると結婚の条件が悪くなるが、男性も四十歳と五十歳では随分条件が違ってくる。会社員や公務員の場合、定年まで二十年と十年とでは、経済的にも差が出るからだ。

「忙しいお子さんの代わりに、親同士でお見合いをする代理婚活の相談所もあります。いくらでも打つ手はあったと思うのですが」

正岡夫婦は、面目なさそうに顔を見合わせた。

「正直、私共の認識が甘かったんです。まさか、息子が五十になっても結婚出来ないとは、夢にも思いませんでした」

昭一が肩を落として項垂れると、和子も深々と溜息を吐いた。

「ちゃんとした会社に勤めていれば、結婚相手は自ずと決まる……そんな風に思い込んでいたんです。現に、私と主人も社内結婚でしたから」

和子はチラリと夫の横顔に目を遣った。

「息子の勤めるサワダ重工は大企業で、女性も沢山働いています。……総務や広報や経理、それに秘書課とか。息子と部署は違っても、同僚や先輩を通して知り合って、お付き合いに発展するだろうって、漠然と考えていました」

正岡夫婦の年齢を考えれば無理もないと、恵は思い直した。

二人の若かった頃の日本は結婚するのが当たり前の社会で、男女共に九割以上が一生に一度は結婚していた時代だった。会社にはサークル、町や村には青年団があり、若い男女が自然に出会えるようなお膳立てが整っていた。そして時には世話好きな〝仲人おばさん〟が登場し、適齢期の男女に結婚相手を探してくれたりもした。正岡夫婦の言う通り、大企業に勤める優秀な青年が結婚にあぶれるなど、あり得なかった。

「お気持ちはよく分かります」

恵は語気を和らげた。

「でも、正岡さん。お気の毒ですが、時代は変わったんです。お二人が若かった頃のように、真面目に暮らしていれば自然とお相手に出会える……そういうシステムはもうありません。自分から積極的に合コンや婚活パーティーに出て行かないと、出会いのチャンスは作れないんです」

正岡夫婦は互いの顔を見合わせ、考えている様子だった。恵の言っていることが次第に胸に落ちていくのが分かった。

「……よく分かりました」

昭一は納得した表情で答えた。

「仰る通りです。家に帰ったら、結婚相談所を探します」

「それがよろしいですよ。でも、結婚相談所もピンキリなので、お二人で相談所に足を運んで、よく確かめて下さいね」

正岡夫婦は揃って頭を下げた。

「あと、もう一つだけ。息子さんに人に言えないような身体的な特徴はありませんか？」

「は？」

言いにくいが、この際なので思いきって先を続けた。

「以前、お客さまで、結婚相談所に相手を紹介された女性がいらしたんです。容姿も合格で条件も良かったんですけど、実際に会ったらすごい腋臭(わきが)で、耐えられなくてお断りしたんだそうです」

正岡夫婦は虚を衝(つ)かれたように目を見張った。ひょっとして、的を射ていたのかも知れない。

「ご本人にはお気の毒ですが、腋臭や口臭は女性に嫌われます。でも、腋臭は手術で改善されるそうですし、口臭は歯周病のケアをすれば治ります。本人の人間性と関係のないところで減点されるのは理不尽だと思いますが、言い換えれば、改善出来る程度の欠点が結婚の障害になっているなら、早いうちに取り除いた方が良いと思うんですよ。人間性と関係ないんですから、気楽に考えて、こだわりは捨てて下さい」

念押しされて、正岡夫婦は頷(うなず)いた。

「本当に、ありがとうございました。あの、お勘定(かんじょう)を」

二人分のお通しとビールとウーロン茶の代金を支払い、正岡夫婦は早々に帰っていった。

四十半ばの男性客が、感に堪えたように言った。

「いやあ、ママさん、さすが元占い師だね。見事なもんだ。テレビで観て感心したけど、実物はもっとすごいね」

「ありがとうございます」

一応お礼は言ったが、心の中では「これは占いとは関係ないのに」と思っていた。

「俺、江差清隆。テレビ観て、面白い所だって思って来てみたら、早速、婚活相談に出くわして、得したよ」

江差は乾杯するように生ビールのジョッキを目の高さに掲げた。

「俺、マンウォッチングが趣味なのね。婚活相談する人、マジ、初めて見た」

江差の言葉に、四十前後の女性客二人は居心地悪そうに身じろぎした。こんな野次馬がいたら、誰だって悩みを打ち明ける気にはなれないだろう。

「皆さん、真剣なんですよ。結婚はある意味、人生の一大事ですからね。当人の身になって考えて下さい」

恵はいくらかたしなめる口調になった。

「俺、面白がってるけどバカにしてるわけじゃないよ。深刻になる気持ちも分かるし」

江差はひょいと首をすくめたが、悪びれていなかった。

「でもさ、やっぱり理解出来ないんだよね。そんな大事なことを、どうして一面識もない赤の他人に相談するんだろう。そもそも自分の人生は自分で決めるべきなんじゃないの」

「仰ることは正しいと思います。でも、人間って、正しさだけで生きられるほど強くないんですよ」

思い当たることがあったのか、江差の顔から揶揄(やゆ)するような表情が消えた。

「さっきのご夫婦だって、お気の毒ですよ。結婚についてご自分たちが当然だと思っていたことが、いつの間にか時代に合わなくなっていた。途方に暮れていたところでたまたまテレビを観て、それでうちへいらしたんでしょう」

江差のビールは残り少なくなり、お通しも平らげていた。一方、二人の女性客は飲み物にもお通しにも、ほとんど手を付けていなかった。

「江差さん、飲み物とお料理、何か如何(いかが)ですか?」

「そうだな……せっかくだからお勧めをもらおう。自家製のあん肝としめ鯖、それとエノキの焼売って、どういうの?」

「焼売の皮の代わりにエノキを使った料理です。うちは電子レンジで加熱してるんで、油と糖質を控えたい方にはピッタリですよ」

「あん肝としめ鯖食って油控えめなんて無理だよ。でも、美味そうだからそれも。酒は、え～と、日本酒だな」

江差はメニューを開いて日本酒の銘柄を確認した。

「ふうん。謙信、駿州中屋、正雪……良いラインナップだね」

謙信は新潟、駿州中屋と正雪は静岡の酒で、いずれも上質で鯖との相性も良い。

「正雪を冷酒で二合下さい」

「かしこまりました」

恵は正雪のデカンタとグラスを出すと、あん肝としめ鯖を切って器に盛った。しめ鯖の皿には岩塩も添えた。

「うちのしめ鯖はお酢は控えめなんです。お塩と山葵で召し上がるお客さまもいらっしゃるので、よろしかったらお試し下さい」

江差はしめ鯖に塩と山葵を載せて口に入れ、目を細めた。

「なるほど。これはいける」

続いて正雪を口に含んでゆっくりと呑み下した。

た。

「……合うなあ」

二人の女性客はどちらからともなくバッグを手に、「お勘定して下さい」と告げた。

「ありがとうございました」

恵は勘定書きを渡して代金を受け取ると、見送りのためにカウンターから出た。

「ご馳走さまでした」

「お気が向いたら、またいらして下さいね」

二人とも気弱に微笑んで頷いたが、もう二度と来てくれないだろうという気がした。おそらく、結婚について悩んでいて、たまたまテレビでめぐみ食堂の存在を知り、勇気を振り絞って来店したのだろう。それなのに、野次馬根性丸出しの江差のような男と出くわしてしまった。きっとすっかり意気消沈したに違いない。

「あの二人、さっさと帰ってくれて良かったね」

しゃあしゃあと言うので、恵はいささかムッとした。

「きっと二人とも、相談したいことがあったんですよ。それなのにあからさまに冷やかすようなことを仰るから、怖じ気づいてお帰りになったんです。気の毒じゃありませんか」

「でもさあ、ああいう客は長っ尻のくせに金なんか使わないよ。おまけに絶対にリピーターにならない。お店としては迷惑でしょうが」

　図星だった。あの二人も正岡夫婦と同じく、料理にも酒にもまるで関心がなかった。

「お宅もテレビに出たばっかりに、しばらくはああいう客が続くよね。それで満席になって常連さんが入れなくなったら、商売あがったりじゃないの」

「確かにその通りです。でも、中にはテレビを切っ掛けに常連さんになって下さる方もいるかも知れない。それに懸けてるんです」

　答えながら、恵は不思議な気がした。江差は言いにくいことをズケズケ口にするが、その割に腹が立たない。最後は苦笑いしてしまう。どこかとぼけたキャラクター故だろうか。

「それと、あの二人はママさんとご夫婦の遣り取りを聞いてたわけだから、その中から自分の役に立つ情報を収集したんじゃないかな。待っていても出会いはない、積極的に動くべし、手っ取り早いのは結婚相談所だ、とか」

「そうだといいけど」

　電子レンジの加熱が終わった。恵はエノキ焼売を載せた皿を取り出してラップを外し、小皿を添えて江差の前に置いた。

「お熱いのでお気をつけて」

「これ、何付けるの？」

「普通に辛子醤油か、ポン酢も合いますよ。中身に生姜を入れてるので」

「じゃ、ポン酢かな」

カウンターの調味料置きにはポン酢の小瓶もある。

「ああ、優しい味わいでヘルシーだね。女性に受けると思う」

ポン酢を少し付けたエノキ焼売を口に入れて、江差は納得した顔で頷いた。

「俺、生姜風味が好きなんだ。この焼売、中身に貝柱とか混ぜたらもっと高級になるんじゃない？」

「そうですね。でも、その分お値段も上げないといけないし」

「大丈夫、責任取るよ。友達連れてきてみんなで食べるから」

江差という男の言い草は、図々しいのか親切なのか、よく分からない。

「こんばんは」

戸が開いて、お客さんが入ってきた。今度も初めて見る顔で、四十前後の女性だった。いくらか戸惑い気味のその態度から、昨日のテレビを観た〝婚活に迷える仔羊〟の一人だと見当がつく。

　恵は「余計なことは言わないように」と、素早く江差に目配せした。江差はニヤリと笑って頷いた。

「どうぞ、お好きな席にお掛け下さい」

　恵はカウンターを指し示し、第一陣のお客さんを迎えたときと同じ説明を繰り返した。

　すると類は友を呼ぶのか、次々初めての女性客が入ってきた。その数六名。たちまちカウンターの八席が埋まってしまった。

　ところが悩める女性たちはお通しと飲み物一杯でモジモジしていて、一向に本題に入らない。江差の言う通り、このままでは売上げにならない。

「昨日、テレビを観ていらして下さったんですよね？　もし、お困りのことがあるなら仰って下さい。私で分かることならお答えしますよ」

　笑顔で言うと、一人がやっと切り出した。

「笑わないで下さいね。このお店が婚活パワースポットだって聞いて、ここへ来れば何か出会いがあるかも知れないと思ったんです」

　恵はチラリと江差の顔を盗み見た。内心は大笑いしているのかも知れないが、顔だけはいかにも真面目くさってにこりともしない。

「笑ったりしませんよ。今は結婚難民の時代ですからね」

恵の言葉に、他の女性たちもホッとした表情を浮かべた。

「ただ、この店で誰かと出会う確率は、他のお店と比べてそんなに高くないと思いますよ。それより、ご自身で積極的に婚活を始めた結果、相応しいお相手が見つかったってことじゃないかしら」

続きを聞こうと、女性たちは一斉に身を乗り出した。

「一番のお勧めは結婚相談所とマッチングアプリです。合コンは結婚を目的としてない人も参加しているので、効率が悪いです」

恵は良い結婚相談所とマッチングアプリの見分け方も伝授した。

「マッチングアプリは、女性も男性と同じくらいの料金を設定している会社なら、信用出来ると思います。遊び目的でなく、結婚目的の会員が集まっている証拠ですから。結婚相談所は、民間と地方自治体とがありますけど、AIを活用している相談所がお勧めです。AIを活用していない場合と比べて、三割くらい成婚率が高いというデータがあるんです」

「三割もですか？」

女性の一人が驚いた顔をした。

「理由は色々あるんです。普通の結婚相談所はプロフィールと条件で相手を探すので、探す相手の範囲が限られますが、ＡＩは色々と細かい質問をしてその人の価値観を明確にして、上手（うま）くいきそうな価値観の持ち主を探してくれるんですって。それと、ＡＩの紹介だと、女性がお見合いしやすいんだそうです。ほら、人間に紹介されると、相手に断られたときに気まずいから慎重になるでしょう？　でも、紹介者がＡＩなら、ま、いいかって……」

女性たちは熱心に耳を傾けていた。一人はメモを取り出した。

「あと、ちょっとだけ条件が合わないけど、許容範囲の人も紹介してくれるんですって」

「ちょっとだけ条件が合わない？」

「そう。例えば希望は年収六百万円以上だけど、五百五十万円以上なら妥協出来るとか、身長百七十センチ以上が希望でも、百六十八センチなら許容範囲とか、ありますよね。そして、実際に会ってみたらすごく印象が良くて、めでたく結婚したりとか」

すべて藤原海斗（ふじわらかいと）から聞いた話の受け売りなのだが、女性たちの目は真剣だった。

「ママさん、お酒、喜久酔を一合下さい」

話が一段落したところで江差が声をかけた。

「喜久酔はおでんによく合うよね」

「そうですね。他にもお出汁の利いた煮物とか、湯豆腐とか、淡泊な和食には何でも合うみたいですよ」

恵が江差と会話している間に、女性たちもやっとお通しに箸をつけ始めた。

「おでんは、お勧めは何？」

「何でも……と言いたいとこですけど、うちの自慢は牛スジと葱鮪、つみれです。人気あるんですよ。それと、今日から登場したのが旬のイイダコ。これもお勧めです」

「じゃ、それにしよう。あと、昆布と大根」

おでん鍋から菜箸で注文の品を挟み、皿に盛る。最後にお玉で汁をすくってかけ、カウンターに置いた。

「ああ、良い匂いだ」

湯気の立つおでんの行方を目で追っていた女性たちにも、いくらか食欲が兆したようだ。

「あの、私もおでん下さい」

「私も」

「ありがとうございます。何を差し上げましょうか」

女性たちはそれぞれ二、三品注文し、飲み物のお代わりをした。

「そうそう、うちは十二月から、おでんの新作を始めました。ハイヒールっていうんです」

カウンターに座った面々は、江差も含めて一斉に「何、それ？」という顔をした。

「豚足です」

「豚足？」

女性たちはやや引き気味になったが、江差は目を輝かせた。

「あ、それ、沖縄で食べた。美味かったなあ。東京のおでん屋じゃあんまりやらないけど、コラーゲンたっぷりで美容にも良いんだってね」

コラーゲンのひと言で、女性たちは現金に反応した。顔には再び好奇心が甦っている。

すると、江差が他意のない口調で気軽に言った。

「ママさん、せっかくだから全員にハイヒールくれない？　ここで会ったのも何かの縁だから、俺から女性のお客さんにご馳走するよ」

女性たちはびっくりして江差を振り向いた。

「いえ、けっこうです」

「とんでもありません」

みんな口々に辞退したが、内心は突然の申し出を悪く思っていない様子だった。きっと初めて入ったおでん屋で、一面識もない男性から「ご馳走します」と言われるような経験は、これまで一度もなかったのだろう。

昭和の時代なら、居酒屋で見知らぬ客同士が気軽に交流することもあった。しかし平成になって景気は悪くなり、令和の今は人間関係もどんどん希薄になる一方だ。居酒屋やおでん屋でも、面識のない客同士は口を利かないのが当たり前になった。

「まあ、そう仰らずに。こっちもテレビを観てやってきましてね。ママさんから色々アドバイスしてもらって、助かりましたよ。感謝を込めて、売上げに協力です」

江差の飄々として摑み所のないキャラクターは、こんなとき得だった。女性たちはたちまち警戒心を解き、素直に礼を言って好意を受け容れた。

「今、温めますので二十分くらいかかりますが、よろしいですか？」

恵は冷蔵庫から下煮しておいた豚足を出し、アルミ鍋に並べておでん鍋の汁を注ぎ、ガス台に載せて火を強くした。おでん鍋に入れると、弱火なので三十分ほどかかってしまう。

「見た目は結構ボリュームがありますけど、骨が多いので持て余すほどじゃありません。ゼラチン質で、つるっと食べられますよ」

女性たちはおでんをつまみながら二杯目のアルコールを口にして、だいぶリラックスしてきたようだ。江差の左隣の席の女性が、控えめに質問した。

「あのう、こちらにはテレビを観ていらしたと仰いましたね？」

「ええ。普段はあの時間はまだ仕事中なんですが、昨日はたまたま代休で家に居たので」

「それじゃ、やはり婚活をされてるんですか？」

「いや、私じゃないんです。姉のためなんです」

江差は真面目な顔で答えた。

「三年前に亡くなった母親は持病がありましてね。しかも六十代でアルツハイマーったんです。私はせめてもの罪滅ぼしに、何とか姉に良い伴侶を見つけられないかと思って、それでここへ来てみたんですよ」

そう語る顔は少し愁いを帯びて、女性たちの同情を引き寄せた。

「それは、大変ですね」

「大変なのは姉の方です。私は親の世話はすべて任せきりで……本当に親不孝で、姉にも申し訳ない気持ちで一杯です」

江差が本当のことを語っているのか、その場を白けさせないように作り話を披露しているのか、恵には判断しようがない。だが、口から出任せを言っているわけではなく、いくらかの真実が混じっているように感じられた。

すると、江差の右隣に座った女性が、やるせなさそうに溜息を吐いて言った。

「うちの両親は前期高齢者で、まだ十分元気ですけど、いつまでもこの状態は続かない……いずれ私が介護するようになるって、最近、やっとそのことに気がつきました。本当は十年前に分かっていなきゃいけなかったんですよね」

女性の言葉に、他の女性たちも深刻な顔で頷いた。皆四十前後の年齢なので、これから直面するであろう親の介護という問題が、心にのし掛かってきているのだ。

それを切っ掛けに、女性たちはそれぞれの事情を少しずつ話し始めた。

職場が女性ばかりで出会いがない。

仕事に夢中で気がついたら四十が目の前になっていた。

結婚を約束していた男性と破局してから男性不信に陥り、立ち直ったときはすっかり婚期を逸していた。

両親が「毒親」で、縁を切るのにエネルギーを費やして、婚活する気力がなかった。

恵はカウンターの中で女性たちの告白を聞くうちに、不謹慎ながら、この中の一人か二人は「不倫を続けていて婚期を逃した」人もいるのだろうと想像した。

そして、結婚出来なかった理由はいくつかのパターンに分類出来るが、当事者である女性たちにとっては選択不可能なただ一つの人生だったのだと、しみじみと感じ入った。

恵だって、端から見れば愚かな失敗をした半生かも知れないが、他に選びようがなかったのだ。そして、それでも精一杯生きてきたのだ。

「お待ちどおさまでした。〝ハイヒール〟です」

恵が声をかけると、女性たちはパッと目を輝かせて皿の上の豚足を見た。江差のお陰で皆会話が弾み、時間を持て余すようなことはなかった。

「お箸でつまめば切れますから」

ゼラチンはすでにトロトロに柔らかくなっている。しかもおでんの煮汁を吸い込んで良い味がついている。

最初は豚足の立派すぎるボリュームに怯んでいた女性も、食べ始めればツルリとなんなく完食してしまった。

「ああ、美味しい」

「豚足がこんなに食べやすいとは思わなかったわ」

「明日は皆さん、コラーゲンでお肌がツルツルですよ」

恵が笑顔で言うと、女性たちは嬉しそうに歓声を上げた。

「ママさん、お勘定して下さい」

江差が声をかけると、女性たちも同じく精算を頼んだ。

「どうも、ご馳走さまでした」

「ありがとうございました」

勘定を済ませた女性たちが順番に店を出て行った。恵はカウンターから出て頭を下げたが、敢えて「またお待ちしています」とは言わなかった。リピーターにならないことは分かっていた。

「ご馳走さん」

最後になった江差が軽く手を上げた。

「ありがとうございました。売上げに協力して下さって、恐縮です」

「また来るよ。面白い店だ」

出て行く江差を見送りながら、珍しい人だと思った。

海斗や唐津（からつ）のように申し分のないイケメンというわけではないのに、妙に印象に残る。小学校の同級生で、特別美人ではないが明るくおちゃめで人気者だった女の子がいたが、雰囲気が似ていた。

カウンターを片付けていると、その藤原海斗が入ってきた。

「昨日のテレビ、観たよ」

「それは、ありがとうございます」

「今日はもしかして、テレビを観たお客さんが詰めかけて、入れないんじゃないかと思った」

「良いタイミングでした。今お帰りになったところです」

海斗は中央より二つ右の席に座った。不思議なもので、カウンターがすべて空（あ）いていても、真ん中に座るお客さんはまずいない。たいてい一つか二つおいた席に座る。

海斗は生ビールを注文して言った。

「でも、内容はわりとまっとうだったね。『これが噂の婚活パワースポットだ！』みたいな、キワモノめいた扱いじゃなかった」

「はい、それは唐津さんに感謝しています」

恵は大皿料理を盛り付けながら答えた。

「でも、一週間くらいは、テレビを観たお客さんがいらっしゃると思います。常連さんのお邪魔にならないと良いんですけど」

「迷惑な客が来た？」

「いいえ、それはありません。皆さん真面目な方ばかり。ただ……あんまり売上げには貢献してくれなかったけど」

「それは気の毒に」

海斗は苦笑を漏らし、お勧めメニューを書いたホワイトボードを見上げた。

「ええと、自家製のしめ鯖とあん肝。それとエノキ焼売が美味そうだな」

早速、売上げに貢献してくれるらしい。

「今日いらした婚活相談のお客さまには、ＡＩ婚活相談所を推薦しておきました。もしかしたら入会希望者が増えるかも知れませんよ」

「それはどうも」

海斗は二杯目の飲み物に正雪の冷酒を選んだ。江差と同じ選択だった。ということは、江差も酒の趣味が良いのだろう。

「おでん、里芋は残ってる？」

「はい。それと本日はイイダコがお勧めです。ただ、用意していたもう一つの新作が売り切れてしまいました」

恵は豚足おでんのことを話した。

「でも、十二月は定番で用意しますので、またいらして下さい」

「商売が上手いね」

海斗は楽しそうに微笑んだ。

そこへ入り口が開き、新しいお客さんが入ってきた。東陽テレビのプロデューサー唐津旭とディレクターの笠原蓮だった。

「いらっしゃいませ。ちょうどお噂してたところなんですよ」

「悪い噂じゃないよね。藤原さん、御無沙汰してます」

唐津は海斗のＡＩ婚活相談所を番組で取り上げたことがあり、初対面ではなかった。二人は如才(じょさい)なく挨拶(あいさつ)を交わし、それぞれカウンターの席に着いた。

イケメンも美女も、人数が増えると華やかさも増す。唐津と海斗が並ぶと、光度が二倍どころか四倍にも感じられた。

「反響は如何でした？」

おしぼりを出しながら訊くと、蓮は両手で丸を作った。

「局に電話やメールで問い合わせが殺到しました。婚活問題で悩んでる人がこんなに大勢いたなんて、改めてびっくりしました」

「今日、初めてお店を訪ねてくるお客さんはどれくらいいました？」

「十人くらいです。ひと組はご夫婦で、息子さんの結婚を相談されました。エンジニアで職場に女性がいないので、縁遠くなってしまったと」

「よくある話ですよね。やっぱり出会いがないというのが、結婚難民には一番のネックかな」

唐津は気の毒そうに言って小生を注文した。

「私、レモンハイ下さい」

恵は二人の前に飲み物と大皿料理のお通しを出した。

「他のお客さまは、ご両親の介護で婚期を逃したお姉さんに伴侶を探したいという男性の他は、みんな女性でした。年齢もだいたい四十前後です。その年頃の女性が、一番婚活で苦労しているのかしら」

「そうですねえ。二十代なら本人がその気になれば相手は見つかるはずだし、三十代前半なら今は〝嫁き遅れ〟感はないでしょう。やっぱり三十代後半以降から、難しくなるんだと思います」

「男性の場合は十年くらいタイムラグがある感じですね。四十代前半までが適齢期で、それ以降が所謂〝売れ残り〟でしょうか」

恵は唐津と海斗の両方に問いかけた。

「まあ、だいたいそんなとこかなあ」

「うちの相談所でも、四十代後半から成婚率が下がる傾向がありますよ。最初の条件を少し下げないと相手が見つからなかったり」

唐津はお勧め料理を書いたホワイトボードを見上げた。

「笠原、しめ鯖以外は初顔だから全部もらおう」

「は〜い」

「平目は刺身とカルパッチョ、どっちだ？」

「私、どっちも食べたいです」

「じゃあ、刺身とカルパッチョで」

「ありがとうございます」

恵は料理の準備をしながら、今日は当初の予想より売上げが上がるかも知れないと思い始めた。

「次は日本酒だな。へえ、謙信がある。これ、少量生産であんまり出回らないんだよね」

唐津は蓮にメニューを指し示し、返事も待たずに言った。

「謙信二合下さい。冷酒で」

「はい。ありがとうございます」

恵は先に酒を出してから料理に取りかかった。

まずは平目二品とあん肝、エノキ焼売、キノコのアヒージョ、最後は牡蠣フライ。軽い料理から順番に出して、最後は一番重い料理に。それが一番食べやすい順番で、フレンチのコースはよく考えられていると思う。

「お客さんの相談は、他にどんなものがありました?」

「まあ、ごく普通の、ありそうなお話でした」

　恵は相談内容のあらましをざっと語った。

「でも、今はまだ元気なご両親に、介護が必要な将来が来るかも知れないとは予想していなかったっていうお話には、ハッとさせられました。だって、近頃の六十代、七十代はお元気ですものねえ」

「それ、すごい分かります」

　平日の刺身に紅葉おろしとポン酢を付けながら蓮が言った。

「私の姉、スポーツジムでインストラクターをやってるんですけど、午前と午後の早い時間のお客さん、六十代と七十代の女性がすごく多いんですって。ジムの傘立てにはカラフルな杖がいっぱいで……美味しい！」

　すかさず謙信を口に含み、うっとりと目を細めた。

「私が子供の頃は、六十歳の女性は〝お婆さん〟ってイメージでしたけど、今は全然違いますもんね」

　カルパッチョに謙信を合わせた唐津が、溜息を吐いてから口を開いた。

「写真を見るとよく分かりますよ。幕末や明治の頃の人は、今の基準で言うとだいたい二十歳くらい老けて見えます。日本だけじゃなくて、欧米人の写真を見ても同じです。明らかに、人間は若返って……というより、若さを保つ期間が延びてるんです」

「実際、平均寿命も延びましたからね。一九五〇年の日本人の平均寿命は、男女共に六十歳くらいだったはずです。それが今は、男性が八十一歳、女性が八十七歳まで延びている」

そういう海斗自身、四十代だがまだ十分に青年の面影（おもかげ）を残している。百年前なら中年どころか〝初老〟と呼ばれた年齢なのに。

「ところで、唐津さんは『ライフシフト』という本をご存じですか?」

「ああ、評判になりましたからね。番組でも取り上げましたよ。〝100年時代の人生戦略〟というサブタイトルが衝撃でした」

「あの本に〝今の八十歳は、二十年前の八十歳より健康だ〟と書いてありましたね。確かに今の八十代を見ていると、そう思います」

　恵も以前、雑誌の書評を読んで『ライフシフト』の内容を多少知っていた。そこに〝現在十歳の子供の半数以上は百歳より長く生きる〟というようなことが書いてあって、愕然（がくぜん）とした。百年を生き抜くのは容易ではない。考えると気が遠くなりそうだった。

「人生百年時代なら、結婚の形態も変わるかも知れませんね」

恵が思わず呟くと、唐津も海斗もキラリと光る目を向けた。

「どういう意味ですか？」

「チラッと思ったんですけど、夫婦で子供を育てて自立させるまでの期間と、義務を果たして老いから死に向かうまでの期間は、お互いパートナーに求めるものが違うんじゃないかと……」

唐津も海斗も、ものすごく真剣な顔になった。

「それは面白い」

「婚活にも使える」

電子レンジが鳴ったので、恵はエノキ焼売の皿を取り出した。

「熱いのでお気をつけて。お醤油でも、ポン酢でも、お好みでどうぞ」

しかし、しばらくの間二人とも心ここにあらずで、箸も止まってしまった。人生百年時代の結婚の形態について、唐津は番組の特集に、海斗は自身の婚活事業に役立てる戦略を練っているのだろう。

蓮だけが所在なげにエノキ焼売を口に運び、謙信のグラスを傾けている。

「前に雑誌のエッセイで人生二回結婚説とかいうのを読んだんですけど」

蓮が唐突に言った。

「ああ、聞いたことあります。確か、木々高太郎が……」

人生二回結婚説は、作家で大脳生理学者の木々高太郎が提唱した説で、男女共に二十歳くらいで四十歳くらいの異性と結婚し、自分が四十歳になったら今度は二十歳くらいの異性と再婚するというものだ。それは男女の性欲の発達にタイムラグがあるから、というのが根拠になっている。

男性は二十歳くらいが一番性欲が強く、そこから徐々に下降してゆくが、女性は二十歳くらいから徐々に上昇して四十歳くらいがピークになる。だから性的に未熟な二十歳女子と性的に穏やかになった四十歳男、性的に最も盛んな二十歳男子と四十歳女のカップルは釣り合いが取れているというわけだ。

木々は単に性欲だけを根拠としているわけではなく、人間的に未熟な男女が成熟した異性と結婚することによって、成長が導かれるとも唱えている。

「理屈は分かるけど、無理ですよ。一緒に暮らしてれば情が絡むでしょ。二十年も一緒に暮らした高齢のパートナーと別れるとなったら、必ずゴタゴタが起きますって」

「多分、木々高太郎がその説を唱えた頃は、男女共に平均寿命が六十歳くらいだったんですよ。だから四十歳で結婚して二十年経つ頃には、ほぼ死んでるだろうと」

「なるほど、そうか」

恵も改めて考えた。

確かに、子育て中の世代と子育てが終わった世代では、パートナーに求めるものは変わるかも知れない。しかし、共に難事業をやり遂げた連帯感はあるはずなので、特段の事情もないのにパートナーと別れて新しいパートナーを探すというのは、無理がある。

いっそのこと「子育てが終われば、一度パートナーとの関係を解消する」という法律か習慣があれば、日本ではすんなり履行されるかも知れない。その後は「一人で暮らす」「元のパートナーとの関係を継続する」「新しいパートナーを求める」と、三通りの選択が認められる……。

不可解極まりないが、人間は法律や習慣で決まっていると、第三者から見て理不尽な行為も平気で行う。世界各地に残っている奇習や因習がそれを証明している。

「やっぱり、百年も生きるとなると、あれこれ悩みますねえ。だって大変だもの」

恵が苦笑いを浮かべると、蓮もつられたように溜息を吐いた。

恵が予想した通り、テレビの効果で初めてのお客さんが一日に何人も来店したのは一週間ほどで、それを過ぎるとたまに一人か二人、という塩梅になった。

最初に、「ここに来ればステキな相手と出会えると思ったら大間違いですよ」と釘を刺したので、婚活目当てでやってきた人たちは出鼻をくじかれた格好だった。しかし、「自分から積極的に婚活すれば、必ず道は開けます」とフォローするのも忘れなかった。もちろん、海斗のＡＩ婚活相談所の宣伝もした。それで一応みんな満足して帰っていった。

売上げはさほどアップしなかったが、リピーターになってくれたお客さんもいたので、まずは成功だといえるだろう。

その日は開店から三人、四人連れのお客さんが入り、十時までに席は二回転した。

十時を過ぎると次々にお客さんは帰り始めた。売上げも良かったので、全員帰ったところで早仕舞いしようかと思っていると、戸が開いて新しいお客さんが入ってきた。

「あら、いらっしゃい！」

思わず声が弾んだ。

「久しぶり」

江差は空いている席に腰を下ろした。

「まずは小生で」

そう言いながら、カウンターの大皿料理を眺めた。

本日のメニューは、しめじとエリンギのペペロンチーノ風、芽キャベツのバター炒め、カボチャの甘いサラダ、焼きネギのお浸し、デビルドエッグ。

「このきれいな卵は、何？」

「デビルドエッグ。茹で卵にひと手間加えた料理です。簡単でバリエーションが多いので、やってみました」

茹で卵を半分に切って黄身を裏漉しし、マヨネーズとカレー粉、塩・胡椒で和えて、白身の中に絞り袋でクリーム状に絞り出した。トッピングにはピンクペッパーを奮発した。スパイスの刺激と卵の甘さ、マヨネーズの旨味が溶け合って、お洒落な味わいに仕上がった。

「色々考えるねえ」

「簡単な料理ばっかりですよ」

恵は五品の料理を皿に取り分け、江差の前に置いた。

「今日もハイヒール、ある？」

「はい。もちろん」

　恵は冷蔵庫から下煮した豚足を取り出し、おでん鍋に入れた。江差がお勧め料理をつまんでおでんに移る頃には、十分味が染みているだろう。

「ママさん、お勘定」

　三人連れのお客さんが帰り支度を始めていた。

「ありがとうございました」

　表に出てお客さんを見送ったついでに、立て看板の電源を抜き、「営業中」の札を裏返して「準備中」にした。

　店内に戻ってカウンターを片付けようとすると、江差が言った。

「悪いね。看板だったんだ」

「いいえ。せっかく江差さんが来てくれたから、貸し切りにしたんですよ。今日は売上げもまあまあ良かったし」

「またまた、嬉しいこと言ってくれるね」

　恵はカウンターに入って江差と向き合った。

「この前、ちょっと気になることがあって。それで」

「何？」

「お姉様のこと、仰ってましたよね。ご両親の介護で婚期を逃したって。あれ、本当ですか？」

「半分はね」

「どこまでが本当ですか？」

「姉が親の介護のために婚期を逸したのは本当だよ。しかし、俺は別に姉に結婚を勧める気はさらさらないね。何しろ本人が『やっと親の世話から解放されたのに、今更亭主(いまさらていしゅ)の世話なんかまっぴらだ』って言ってるし」

　恵は思わず微笑んだが、次の瞬間には「人生百年時代」が頭をよぎった。

「そうですね。でも、今は清々(せいせい)していらっしゃるけど、そのうち寂しくなるかも知れないですよ。何しろ人間の寿命はどんどん延びて、これからは百歳まで生きる時代らしいですから」

「その時はその時だ。俺は親の面倒を見てもらった代わりに親の家と土地と財産はみんな姉に譲った。金さえありゃあ、一人でなんとでもなるさ」

　江差は生ビールを呑み干すと、ホワイトボードを見上げて今日のお勧め料理を確認した。

　赤貝とヤリイカ（刺身）、自家製あん肝、ホウレン草のゴマ和え、ブリの照り焼き、生たらこ煮。

「ええと、赤貝とヤリイカ、あん肝、ホウレン草のゴマ和え。酒は……」

飲み物のメニューに目を落とし、上から順に見ていった。

「今日は謙信にしよう。冷酒で二合ね。ママさんも呑む？」

「ありがとうございます。いただきます」

恵が自分のグラスを出すと、江差はデカンタを取って注いでくれた。

軽く乾杯してから料理を並べた。あん肝とゴマ和えは作り置きなので、刺身を切るだけで完成だ。

「申し遅れたけど、俺、こういう者」

江差は一度箸を置き、名刺を差し出した。肩書きは「邦南テレビ　報道局　制作一部『ニュースダイナー』プロデューサー」とあった。

『ニュースダイナー』は夕方のニュース番組で、唐津の所属する東陽テレビの『ニュース2・0』と、ここ数年、熾烈な視聴率競争を繰り広げていた。

恵は名刺から目を上げて江差の顔を見直した。ライバル局のプロデューサーが『ニュース2・0』で取り上げられた店にわざわざ足を運ぶからには、ただの好奇心や野次馬根性ではないだろう。

江差は恵の疑問を肯定するように頷いた。

「実は、うちの番組で少子高齢化問題を取り上げることになってね。そのときのゲストとして玉坂恵さんに出演して欲しいんだ」

「ダメです、そんな」

「どうして？　『ニュース２・０』には出たじゃない」

「だって、あれはお店の取材で……。ニュース番組に出て何を話せばいいか、全然分からないもの。とても無理」

恵は大きく首を振ったが、江差は少しも諦めようとしない。

「ご謙遜。お店に来た迷える仔羊たちへのアドバイス、実に的確だった。簡にして要を得ていたよ。これまでの経験を活かして、思ったまま意見を言ってくれたら、それで十分」

反論を押し止めるように、恵のグラスにもう一杯、謙信を注いだ。

「番組にはもう一人ゲストを呼んであって、少子化対策のシンクタンクみたいな団体の理事長さん。その人は学者だから、どうしても話が堅くなる。そこで玉坂さんと意見を交換してもらうことによって、視聴者に分かり易く、より身近な問題として感じてもらうことが出来ると思う。どう？」

「どうと言われても……」

「意見が対立することは絶対にないから、安心して。その人も少子化の原因は婚姻数の減少だと言っていた。だから婚姻の数を増やすのが急務だと。玉坂さんも男女のご縁を繋いでカップル成立の手助けをしてきた。二人の目指すところは同じだよ。一人でも多く、幸せな結婚をしてもらうこと。そうでしょ？」

「それはそうだけど、でも、無理よ。だって番組は平日の夕方でしょ。私は店があるし」

「お願い！」

江差は両手を合わせて拝む真似をした。

「俺を助けると思って、出てよ。店の方は臨時休業か、開店の時間ずらして。もちろん、出演料は弾みます。補塡はそれで」

おどけた口調だが、目には真剣さがあった。恵は根負けする形でついに言ってしまった。

「上手くしゃべれるかどうか分かりませんよ。それでもよろしいですか？」

「ありがとう！　恩に着るよ。あ、出演料、文化人枠じゃなくて芸能人枠で出すからね。なんせ元芸能人だから」

元占い師であって芸能人じゃない……と口を開きかけたが、バカらしくなって途中で閉じた。

江差はどこか憎めないところがあって、一緒にいるとつい江差のペースに巻き込まれてしまう。

やれやれ。上手く乗せられてしまったけど、いったいどうなることやら。

恵は胸の裡(うち)で呟いたが、不思議とイヤな気持ちはしなかった。むしろ、この成り行きを楽しんでいる自分に戸惑っていた。

三皿目

白子(しらこ)で少子化対策を！

テレビ局に足を踏み入れるのは十数年ぶりだった。昔は毎日のようにどこかの局のスタジオに赴き、バラエティ番組で占いを披露していたから、邦南テレビにも何度も来たことがある。だが、その頃を思い出しても遠い昔の出来事のようで、実感がなかった。

指定の時間に自宅マンションに差し向けられた黒塗りの車に乗って邦南テレビに向かい、地下駐車場で降りて入り口の受付で名前を告げると、江差とアシスタントディレクターが迎えに来てくれた。

二人の案内で控え室に入った。大きな鏡、簡素なテーブルと椅子、テーブルに置かれたお茶のパックと弁当という見慣れた光景が目に入り、恵は初めて懐かしさを感じた。

「それでは玉坂さん、一応番組の流れだけ、ADの木村から説明させていただきます」

江差は店に来たときより堅苦しい口調で告げると、一礼して部屋を出て行った。

「ええと、まずですね、特集は六時のトピックスの後になります」

ADは特集の趣旨を説明してから、それについて自由な意見を述べていただきたいと言った。

「先にメイク室へご案内します。お支度が整ったら、こちらの控え室でお待ち下さい。時間になりましたら、またお迎えに参りますので」

メイク室は鏡台と椅子が並び、ヘアセット用具を入れたワゴンが横付けになっていて、美容院のようだ。

「お願いします」

ＡＤが声をかけると奥に立っていたヘアメイク係がやってきて、恵に空いている椅子を勧めた。ＡＤはヘアメイク係にひと言挨拶して、部屋を出て行った。

「お着物、ステキですね」

着物が汚れないように化粧ケープを掛けながら、ヘアメイク係は如才なくお世辞を言った。

「ありがとうございます。なるべく店に居るときと同じ格好でと言われたもので」

今日の紬は特に高級品ではないが、色が緑系統なので、他の出演者と色がかぶらないだろうと思って選んだ。

「どんな感じにしましょうか？」

「メイクも髪も一応家でやってきたので、ざっと整える程度でお願いします」

今更ヘアメイクに時間をかけてもらっても、見た目は大して変わらない。それなら手間を省いてあげた方が親切だ。

「分かりました」

ヘアメイク係は粉のファンデーションのパレットを広げ、刷毛でさっと顔をなでた。

占い師時代の恵の経験では、テレビ局のヘアメイクと雑誌グラビアのヘアメイクは少し違った。

テレビ局のヘアメイク係は肌の地塗りは非常に丁寧に仕上げたが、アイメイクはごく簡単だった。だから女性タレントは一応のメイクが終わった後、自分でアイラインを書き足し、マスカラを上塗りしたり付け睫毛を付けたりしていた。

一方、雑誌グラビアのヘアメイク係はアイメイクまで入念に行った。

おそらく、テレビと写真では細部の解像度が違うからだろう。テレビは細かいアイメイクまで分からない。8K時代になれば、写真と同じくらい解像度も上がるだろうが。

隅の席では夕方のニュースを担当する女性アナウンサーが、ヘアメイク係とおしゃべりをしながらドライヤーで髪をセットしてもらっていた。実物も美人だが、テレビで観るよりずっと痩せている。

占い師時代から思っていたことだが、テレビに出る若い女性タレントやアナウンサーは、どうしてみんなひどく痩せているのだろう。服のサイズで言えば五号と七号ばかりで、普通サイズの九号体型はほとんどいない。もうブラウン管ではないのだから、肥って見えることもないはずなのに。

「お疲れ様でした」

簡単な直しを終えて、ヘアメイク係は化粧ケープを外した。

「ありがとうございました」

控え室に戻って、ADから渡された進行表に目を通していると、ドアがノックされた。

「玉坂さん、お願いします」

恵は進行表をテーブルに置いて、椅子から立ち上がった。

「それでは本日の特集、『縮小する未来をどうする⁉』です。ゲストにお招きしたのは『少子化対策総合研究所』理事長の深沢洋さん。人口減少の将来予測を時系列で追った著作がシリーズで百万部を超えた、この分野の第一人者でいらっしゃいます。そしてもうお一方は、かつて『白魔術占い　レディ・ムーンライト』として人気を博し、今は四谷でおでん屋さんを経営している玉坂恵さんです。玉坂さんは不思議な力とご自身の人生経験を活かし、何人もの男女に出会いの場を提供し、カップルを誕生させた、謂わば頼れる仲人おばさんでもあります」

番組MCを務める人気の男性アナウンサーが、ゲストの二人を紹介した。紹介のされ方については、予めADに知らされていたので、恵はにこやかに微笑んで頭を下げた。

向かいの席に座った深沢洋は、五十代後半の、知的な雰囲気の男性だった。端整な顔立ちだが、長年人口減少問題で頭を悩ませてきたせいか、眼差しが憂いを帯びている。

「二〇二〇年の日本の出生数は八十四万八百三十二人で、過去最低でした。前年比でも二万四千四百七人減少しています。まず深沢さんに伺いますが、この人口減少傾向を、どのようにお考えですか？」

深沢はひと呼吸おいてから口を開いた。

「これからも続くと思います。二〇二一年の出生数は七十五万人台半ば、二〇二二年は七十万人を割るところまで落ち込むでしょう」

語り口は爽やかだが、内容は深刻だった。アナウンサーは驚きを露にした。

「国が出生数の統計を取り始めたのは一八九九年、明治三十二年のことです。それ以来、初めて出生数百万人を割り込んだのが、二〇一六年でした。それからわずか五年で、そこまで急激に降下するんですか」

そして素早く資料に目を落としてから、質問を続けた。

「失礼ですが、国立社会保障・人口問題研究所では、出生数が七十五万人を割るのは二〇三九年と予想しています。しかし深沢さんは十七年も早くその数字が達成されると予測なさるんですね」

「その通りです」

深沢は物憂げに頷くと、爽やかに語り続けた。

「原因は、流行病です。自粛ムードの中、出生率が上昇するのではないかという予測もありましたが、現実はまったく反対で、セックスレスが急増したんです。全国の二十歳から六十九歳までの男女を対象に、日本家族計画協会が調査したところ、一万人から回答がありました。それによれば、二〇二〇年三月下旬から五月下旬までの期間、女性の五十九・八％、男性の三十九・五％が、性交渉がなかったと回答しています。未婚・既婚別に調べても、その傾向は変わりませんでした」

そこで言葉を切り、発言の効果を確認するように、アナウンサーと恵の顔を一瞥した。

「あのう、普通に考えると、自粛生活でカップルが一緒に過ごす時間が長くなれば、所謂〝巣ごもり出産〟が増えるように思うんですが、反対の結果になったのはどういう理由でしょうか？」

アナウンサーが視聴者の気持ちを代弁するように尋ねた。

「流行病は戦争にたとえられます。例えば太平洋戦争当時は『産めよ増やせよ』がスローガンでしたが、それに反して少子化が進みました。自分の命が脅かされるかも知れないという大きなストレスがかかるときに、人間は夫婦の営みをしようとか、子供を授かろうとかいうメンタリティーにはならないんです」

それはまことに納得のいく説明で、恵は感心して何度も頷いた。

「二〇二〇年の出生数が激減したのは、他にも理由があります。流行病で結婚や出産を延期したり、雇用の不安など経済的な理由で、結婚や出産を諦めた人が相当数いたからです」

深沢はダメ出しのように締めくくった。

「二〇二一年は〝ベビーショック元年〟として、歴史に刻まれるでしょう」

アナウンサーは恵に視線を転じた。

「玉坂さんはこの人口減少傾向について、どのようにお考えでしょう？」

「やはり、結婚する人の数が減ったせいだと思います」

　これまで何度も考えてきたことなので、よどみなく言葉が口から流れ出た。

「結婚したカップルが生涯に持つ子供の数は、平均して二人くらいで、それは一九七二年頃からあまり変わらないと聞きました。でも、明らかに結婚する人が減っています。深沢さんには釈迦に説法でしょうが、かつては男女共に九割以上が結婚していたのに、今は男性の四人に一人、女性の七人に一人が、五十歳で未婚なんです。これでは産まれてくる子供が少なくなるのも無理ありません」

　深沢は、我が意を得たとばかりに微笑んだ。

「仰る通りです。日本は諸外国と比べて婚外子の数が少ない社会で、結婚と出産が密接に結びついています。結婚件数が減れば、それに比例して誕生する子供の数も減っていくんです」

「つまり、結婚する人の数を増やさない限り、少子化に歯止めをかけることは出来ないということですね？」

　アナウンサーは恵と深沢の顔を交互に見て尋ねた。

「少子化の流れを止めることは出来ないと思います。しかし、そのスピードを少しでも緩めるには、やはり婚姻数を増やす以外ありません」

恵は頭の中で考えをまとめながら口を開いた。

「私は正直、少子化対策として結婚を考えたことはありません。子供がいなくても幸せなカップルは大勢いますから。ただ、結婚したいと思っているのに出会いに恵まれない男女が増えていると感じていて、そういう人たちのお力になれたらと思っています」

「玉坂さんの感覚は当たっています」

素早く新しい資料に目を落とし、深沢は先を続けた。

「国立社会保障・人口問題研究所の別の二〇一五年の調査では、独身男性の八十五・七%、独身女性の八十九・三%が『いずれ結婚するつもりでいる』と回答しています。一方、リクルートブライダル総研の二〇一九年の調査では、二十代から四十代の未婚の男女のうち、恋人がいない人の割合は七割近いんです。つまり、結婚したいのに出会いに恵まれず、結婚出来ない男女が、それだけ多いということになります」

「それはかなり深刻な状況ですね」

アナウンサーはわざとらしく顔をしかめた。モテモテの人気アナウンサーにとっては、「恋人がいない」とか「結婚したいのに出来ない」状況など、およそ想像の埒外だろう。

「玉坂さんのお店にいらっしゃるお客さんも、そういう人は多いんですか？」

「はい。男性も女性も、三十代以上で独身の方は、漠然と『好い人がいたら結婚したい』とは思っていらっしゃるようです。でも現実は厳しくて、ご自分から積極的に婚活を始めない限り、思っているだけでは出会いはありません」

「婚活と仰るのは、具体的にはどういう活動ですか？」

「結婚相談所に入会して相手を紹介してもらう、婚活に特化したマッチングアプリを利用して相手を探す、それと個人的に結婚の仲介をしてくれるお世話役に依頼する……だいたいこの三つです」

そして、苦笑を浮かべて付け加えた。

「でも、うちのお客さまの場合は、婚活をしている最中に別の方と意気投合して結婚したカップルの方が多いんですよ。不思議ですね。婚活に動き出すと、隠れていたご縁が現れるんでしょうか」

アナウンサーは、今度は深沢の方を向いた。

「玉坂さんの仰る婚活は、簡単に言えば〝お見合い〟です。深沢さんはどうお考えですか？」

「私も同じ意見です。結婚したくても出来ない人たちのために、お見合いの復権を提唱しています」

深沢はカメラ目線で訴えた。

「お見合いと言うと古くさいイメージがつきまといますが、結婚を目的とした場合、大変有効で合理的なシステムです。恋愛感情で目を曇らされることなく、冷静に相手の人間性や経済力を見極められますからね。そもそも、一九四〇年代前半は約七割がお見合い結婚でした。恋愛結婚がお見合い結婚を上回るのは一九六〇年代後半のことです」

深沢が用意してきたパネルをカメラに見せた。折れ線グラフで見合い結婚と恋愛結婚が、棒グラフで婚姻件数が表されていた。

見合い結婚は、婚姻件数の約七割に達していたのが見事に下降線をたどり、二〇一五年には五・三％にまで落ち込んでいる。

同時に婚姻件数の変化も劇的だった。最も婚姻件数の多かった一九七二年は約百十万件弱だったのが、二〇一五年には約六十三万五千件にまで減っていた。

深沢は二枚目のパネルを出した。そこには年代別の生涯未婚率が載っていた。

「これを見れば明らかですが、一九八〇年代までは男女とも九割五分以上が生涯に一度は結婚していました。わずか四十年前まで、望むならほとんどの人は全員結婚出来たと言っても過言ではありません。それが一九九〇年を境に、生涯未婚率は急激に上がっていきます。これの意味するところは、見合い結婚の減少が婚姻件数全体の減少に繫(つな)がったということです」

「しかし深沢さん、見合い結婚と恋愛結婚の比率が逆転したのは一九六〇年代です。生涯未婚率が増えるのはそれから三十年後です。どういう因果関係があるのですか？」

深沢は自信たっぷりに頷いた。

「見合い結婚と恋愛結婚の比率が逆転した一九六五年に二十五歳だった青年が、五十歳になるのが一九九〇年です。五十歳時の未婚率が急上昇した第一世代は、見合い結婚減少の影響を、もろに受けているんですよ」

実際に数字で示されると説得力がある。

恵は感心して深沢の顔を見直し、再び口を開いた。

「それと、深沢さんのお話に付け加えさせていただくなら、お見合い以外にも男女の出会う機会が減っていると思います。職場のサークルとか、町や村の青年団とか、以前のように自然に異性と知り合える機会が、減ってきたんじゃないでしょうか」

「まさしく、それが婚姻件数が減った第二の要因です。つまり、職場結婚が減ったんです」

深沢はまた新しいパネルを出した。棒グラフで婚姻件数全体と職場結婚の数を表し、一九七二年と二〇一五年とを比較してあった。婚姻件数が百万件を超えていた一九七二年は、職場結婚がその六割余りを占めていたが、婚姻件数が六十三万五千件に減ってしまった二〇一五年では、職場結婚は二十一万件ほどで、全体の三割程度になった。

「婚姻件数の減少は四十六万五千件弱、職場結婚の減少はおよそ四十六万件。つまり、職場結婚の減少がそのまま婚姻件数の減少になっているんです」

深沢は右から左にスタジオを見渡し、最後にカメラを見つめた。

「職場結婚の減少も一九九〇年代からです。これは、一九九七年の男女雇用機会均等法の改正で、セクハラ防止が義務になった時期と軌を一にしています。つまり、職場に好みのタイプの女子社員がいても、気軽に食事に誘えなくなってしまった。その結果、職場で親しくなって恋が芽生えて結婚するというパターンも減ったわけです」

　いかにも嘆かわしいという風に、深沢は溜息を吐いた。

「職場結婚というと恋愛のイメージですが、実は会社が作ったマッチングシステムに乗せられたと言う方が正確です。昭和の時代には〝腰掛け就職〟とか〝寿退社〟という言葉があったように、企業は自社の男性社員と女性社員が結婚することを奨励していました」

　言われてみれば恵にも思い当たる節があった。

「その時代は、私も記憶にあります。大企業は、女子社員は男性社員の花嫁候補という基準で採用していた面がありましたよね。だから四大卒より短大卒が歓迎されたり、自宅通勤でないとダメだったり」

　恵自身は占い師として独立したので就職活動をしたことはなかったが、同級生からそういう話を聞かされた。

　深沢は確信に満ちた表情で断言した。

「敢えて耳に痛いことを言わせていただけば、私は日本人の七割は恋愛に向いていないと思っています。自ら積極的に動き、自己アピールをして異性の心を摑むような〝恋愛強者〟は、男女共に三割程度です。あとの七割は、社会や会社にお膳立てをしてもらわないと、恋愛や結婚に進めないメンタルの持ち主なんです」
アナウンサーはすかさず言葉を添えた。
「なるほど。それでお見合いの復権を奨励なさるわけですね」
「そうです。結婚したい人間がパートナーを得るには、お見合いが一番適していま
す」
「あのう、恋愛に向いていない人が結婚に向いていないことは、絶対にありませ
ん。結婚生活はラブストーリーではなくて、共同作業ですから」
恵のひと言に、スタジオには温かな笑い声が起きた。
「深沢さんも玉坂さんも、お見合いを推奨されています。ところでその形式なんで
すが、ご近所や会社の世話好きな人に縁談を持ってきてもらうといった、昔ながら
のお見合いとは違うんですね？」
恵と深沢は同時に頷いた。
深沢はカメラ目線で訴えた。
「残念ながら、現代社会は人間関係が希薄になる一方です。誰かの厚意を当てにす
るのではなく、しかるべき対価を払って、ビジネスライクに物事を運んだ方が上手
くいきます。同時に、本人にも精神的な負担がかかりません」

「つまり、先ほど玉坂さんが具体的に挙げて下さったような方法ですね」

「はい。それと今は結婚支援事業に取り組む地方自治体もあり、婚活にＡＩを導入している相談所もあります」

しかし……と深沢は付け加えた。

「行政主導では婚活は上手くいかないと思います。民間主導でお見合いを定着させて、行政は資金面でサポートする形がベストだと思っています」

そこから先は深沢の独壇場で、少子化が社会に与える影響について警鐘（けいしょう）を鳴らした。

社会保障の財源不足、労働力の不足、地方の過疎（かそ）化等々。

「そこに至って、ようやく一人一人が、少子化とは自分自身に直結する問題だと気がつくのです」

ひと区切りついたところで、アナウンサーが質問を挟（はさ）んだ。

「独身者の結婚に対する支援策は先ほどお伺いしました。次は、結婚した夫婦がどうしたら第二子、第三子を持ちたい気持ちになるか、それについてはどうお考えですか？」

深沢は待ってましたとばかりに言葉を続けた。

「第二子の誕生には、第一子のとき以上に夫婦の協力が欠かせません。夫の家事・育児時間が長いほど、第二子以降の出生割合が増えるという調査結果も出ています。つまり、労働環境の改善が必要なのです。そのためには雇用主側の意識改革が欠かせません」

第二子が生まれた世帯には、その子が社会人になるまで所得税を大幅に減税する。そして第三子が生まれた夫婦には、国が一千万円を支給する。

「三人以上の子供を望む夫婦で、理想通りの子供を持たない理由として、お金の問題を挙げています。だから政府が本気で少子化を食い止めたいと思うなら、インパクトのある経済支援策が必要なんです」

深沢は熱のこもった声で訴えた。

「出会いから結婚までの交際期間は平均四年とされています。二〇二〇年から二一年の流行病の影響は、二〇二四から二五年頃に現れます。すなわち婚姻件数の減少として。言うまでもなく、その先の出生数も大幅に減少します。少子化による社会の歪(ゆが)みは、後世まで続くことになるでしょう」

……やっぱり、恋愛って時間がかかるんだな。

恵は妙なところに興味を引かれた。お見合いの場合、結婚に進むカップルは一ヶ月ほどで話がまとまるらしい。三ヶ月以上交際しても進展がないカップルは、結婚が成立しないという。結婚相談所の統計では、成婚した会員のほとんどは、入会から半年以内で婚約している。「入会から一年以内の成婚を目指しましょう」をモットーにしている相談所は少なくない。

「少子化、ひいては婚姻件数の減少は、私たち全員の未来に暗い影を落としかねない問題だということが、よく分かりました」

最後にアナウンサーが上手くまとめ、画面はＣＭに切り替わった。

「お疲れ様でした」

スタッフたちの挨拶に送られて、恵と深沢はスタジオを後にした。

「今日はありがとうございました。大変勉強になりました」

恵が立ち止まって頭を下げると、深沢も会釈を返した。

「いいえ、こちらこそ。お疲れ様でした」

言葉こそ丁寧だったが、その声音は収録中の親しみのこもったものとは一変し、突き放すような冷たさがあった。恵を一段も二段も下に見て、この先一生関わり合いになることはないと割り切っているらしい。

最近、ここまで裏表のある人間に会ったことがない。腹が立つ以前に呆れてしままった。

恵は控え室に入って行く深沢の後ろ姿に目を凝らした。薄黒い煙が身体の周囲に漂っているのが見える。

あの人の将来は、明るくない。

社会的に失敗するのか、家庭的な不幸に見舞われるのかは分からないが、それは深沢自身が招き寄せるものに間違いない。

恵も自分の控え室に戻り、ADが来るのを待った。


「テレビ、観たわよ！　面白かった」

臨時休業にした翌日、めぐみ食堂を開けると、麻生瑠央と田代杏奈が飛び込んできた。

「さすが元レディ・ムーンライトね。堂々としてたわ」

「それに、すごく自然で良かったわ。普段と全然変わらない」

「そりゃあ、昔は毎日テレビに出てた人だもの」

「ありがとうございます。ところで、お飲み物は如何しましょう？」

恵は二人におしぼりを渡しながら尋ねた。

「そうねえ。二人だし、スパークリングワインにしない？」

「はい。私は瑠央さんと同じで」

「カバ、ある？　えーと、シュバリエなんとやら」

「はい、ありますよ。グラスとボトル、どちらになさいますか？」

「ボトルで」

瑠央は当然のように答えた。二人で来店したときは瑠央が杏奈に奢るのが常なので、注文は瑠央にお任せだった。

「ママさんにも一杯奢るわ。『ニュースダイナー』出演を祝して」

「ありがとうございます。いただきます」

恵は冷蔵庫からドゥーシェ・シュバリエの瓶を出し、栓を抜いて三脚のフルートグラスに注いだ。

「乾杯！」

爽やかな冷たい酒が喉を滑り落ちると、細かな泡で口の中がサッパリした。

今日の大皿料理は、焼きキノコのおろし和え、コンビーフとキャベツ炒め、カボチャの煮物、小松菜のナムル、卵焼き。

焼きキノコのおろし和えは、さっと焼いたしめじと椎茸をほぐし、大根おろし、醤油とレモン汁をかけて和える。至って簡単ではあるが、旬のキノコの美味しさが素直に味わえて、酒の肴にもピッタリだ。コンビーフとキャベツ炒めも、料理とも言えないほど簡単な料理だが、食べると抜群に美味い。

　コンビーフとキャベツ炒めに箸を伸ばした瑠央と杏奈は、感心したように頷き合った。

「最近コンビーフ食べてないけど、やっぱり美味しいわ」

　恵が幼い頃、缶詰のコンビーフはよく食卓に登場した。炒め物、オムレツやサンドイッチの具材、そしてそのままご飯のおかずにすることもあった。だからコンビーフには郷愁を感じる。

「安い缶詰でもそれなりに美味しいのが良いですね。前に手作りコンビーフのお取り寄せを買ったことがあるんです。確かに高級感はありましたけど、月とスッポンほどは違わなかった」

　しかし考えてみれば、子供の頃売っていたコンビーフの缶詰は、牛肉より馬肉の方が多かった気がする……。

　杏奈が箸を止めて、恵を見上げた。

「ねえママさん、もしかしたら、テレビからコメンテーターの依頼が来るんじゃないの？」

「まさか」

「あら、まさかじゃないわよ。だってワイドショーのコメンテーターって、記者上がりの大学の先生と何とかコンサルタントとタレントばっかりだもん。いい加減、飽き飽き。元人気占い師でおでん屋の現役女将さんって、新鮮で面白いわ」

瑠央も声を弾ませた。

「とても、無理」

恵は大袈裟に肩をすくめて首を振った。

「私はこのお店を続けていければ、それで十分。テレビのために週一日お休みするの、もったいないわ」

「でも、テレビに出ればお店の宣伝になるんじゃない？」

「それも期待出来ないわね。こんな小さな店だもの。一見さんが押しかけても、売上げに繋がるかどうか。それに……」

忘れていた苦い思いが胸に込み上げてきた。

「テレビは信用出来ないから」

「どういうこと？」

杏奈が不思議そうに尋ねた。

「テレビって口約束の世界なのよ。だから、どんなに良い条件を提示されても、実現するまでは当てに出来ないの。週一レギュラーでお願いしますって言われても、二、三回出して受けなかったらすぐ切られるわ。まして私はプロダクションに入っているわけでもないから、交渉能力もないし」

「へえ。厳しいのね」

「だから長年レギュラーで出演してる人は、多分必死だと思うわ。私の場合はたまたま出演依頼が来ただけで、テレビの仕事で食べてるわけじゃないから、どうでもいいんだけど」

十三年前、人気占い師として活躍していた頃、夫とアシスタントが不倫の果てに事故死した。恵は「占い師のくせに事故が予見出来なかったのか」「占い師のくせに不倫が見抜けなかったのか」と、世間から猛烈なバッシングを受けた。

その結果、週刊誌の連載コラムは打ち切られ、レギュラー出演していたテレビ番組はすべて降板させられた。十年以上付き合いのあったプロデューサーもいたが、誰一人かばってくれなかった。

あのとき、恵はつくづく思い知った。マスコミ、特にテレビ関係の付き合いというのは、「良いときだけ」のものだと。いざというときは誰一人当てに出来ないと。

　今は当時より大人になったから、仕事上の付き合いというのは基本的に「良いときだけ」のものだと割り切っている。それでも、店に来てくれるお客さんたちとの交流には、仕事以外の〝情〟が含まれているように感じる。長く贔屓にしてくれるお客さんが多いのは、〝情〟の賜物のような気がしている。

「だから、テレビ出演はこれでお終い。これ以上関わると、昔のことを蒸し返す人も出てくるかも知れないし」

「……知らなかった。大変だったのね」

「余計なこと言っちゃって、悪かったわ」

「いいえ。私も久しぶりで懐かしかったわ。だから、良い思い出だけあるうちに、テレビはお終いにしたいの」

　恵はお勧め料理を書いたホワイトボードを指し示した。

　赤貝とヤリイカ（刺身）、鱈の白子（湯引きポン酢または天ぷら）、キンキ（塩焼きまたは煮付け）。季節のおでんはセリとイイダコ。

「今日は豊洲で仕入れたキンキがお勧め。塩焼きでも煮付けでも、お好みで」

　瑠央と杏奈は顔を見合わせた。

「どうする？」

「う〜ん。分かんない」

「ママさんはどっちがお勧め？」

「煮付けかしら。今日、魚屋さんに壺抜きのやり方を教えてもらって、やってみたら大成功だったの」

「壺抜きって？」

「口から割箸を入れて、内臓を抜くの。胆だけ残して。初めてやったから、感激しちゃった」

　ウロコは店主に取ってもらい、塩焼き用の開きも作ってもらった。魚の扱いに不慣れな恵は、三枚下ろしは潔く諦めて、プロにお任せすることにしている。

　鮪の仲卸しをやっている有名人も、「素人が無理して魚を一からさばくことないです。下ごしらえはプロにまかせて、サクや切身から料理すればいいんですよ。その方が魚離れが少なくなると思いますね」と雑誌で語っているのを読んで、それ以来コンプレックスから解放された。

「それじゃ、煮付けをお願いするわ。それとセリとイイダコ。あと、白子ね。私は天ぷらにするけど、杏奈さんは？」

「私も天ぷらで。白子ポン酢は近所の居酒屋にもあるから」

「はい、かしこまりました。お待ち下さい」

キンキの煮付け用の鍋を火にかけて、おでん鍋(なべ)からセリとイイダコを取り、皿に盛った。秋田から届いたセリは根っ子まで食べられる。きりたんぽにこのセリは欠かせないという。

「セリって、根っ子の方が香りが強いみたい」

「パクチーも根っ子の方が香りが強くないですか？」

恵は雑誌で仕入れたミニ知識を披露した。

「スパイスは根っ子、ハーブは葉っぱなんですって。だからきっと根っ子の方が香りが強いんですよ」

「なるほど。さすがプロだわ」

イイダコも好評だった。同じ魚卵でもイイダコやハタハタは飯粒のようなプチプチした歯応(はごた)えがあって、ねっとりした食感のたらこやイクラとは趣(おもむき)が違う。

白子は予め軽く下茹(したゆ)でして、冷蔵庫に入れてあった。天ぷらの衣をまとわせ、油鍋に落とせば二分ほどで完成する。衣はさっくりと揚がり、中はねっとりとクリーミーな舌触りだ。

大根おろしと紅葉おろしを添えた天つゆの他、塩と柚子胡椒も出した。

「お好きな味でどうぞ」

「贅沢!」

瑠央と杏奈は白子の天ぷらを肴にグラスを傾け、カバを一本空けてしまった。

「お代わり、どうなさる?」

「やっぱり日本酒よね。キンキの煮付けだもの」

瑠央は答えを促すように恵の顔を見た。

「今日は奥播磨の純米吟醸がありますよ。酒屋さんの話では、ちょっと濃いめのコクのある料理と相性が良いそうだから、キンキの煮付けにも合うと思いますけど」

「じゃ、それを二合ね」

「ぬる燗がお勧めですって」

瑠央も杏奈も揃って頷いた。

二人が奥播磨のぬる燗で乾杯を終えたとき、戸が開いてお客さんが三人入ってきた。

「いらっしゃい。まあ、アンディさんもアビーさんも、お久しぶり」

大友まいと、まいが通っている英会話スクールの講師アンドリュー・ジャクソンとアビゲイル・フォードだ。

「アンディさん、メニューには書いてないけど、リクエストに応じて明石焼き、出来ますよ」

「ママさん、もうひと声、たこ焼きで頼むわ」

アンディはジャマイカ生まれの大阪育ち、阪神タイガース命の関西人で、アビーはかつてホームステイしていた水戸の納豆を愛するオーストラリア人だ。

「それより恵さん、テレビ、観たわよ」

まいが少し興奮の体で言った。

「すごいわねえ。堂々としていて、びっくりよ」

「とんでもない。難しい話はみんな深沢さんがしてくれたから、私は適当に相槌を打ってただけですよ。ところで皆さん、お飲み物は？」

「ええと、せっかく三人で来たから、あのスパークリングワインをいただこうかしら。瓶でお願い」

「はい、お待ち下さい」

開店からカバが二本も売れるとは、テレビ出演の効果はあったようだ。

三人でにぎやかに乾杯した後、まいが言った。

「でも、少子化がそんなに深刻だったなんて、改めて知ったわ。これから先、日本はどうなるのかしら」

するとアビーが呆れたような顔をした。

「まいちゃん、心配することないわよ。日本は人口が一億人以上いるんでしょ。オーストラリアなんかたった二千五百万人よ」

「あら、そうなの？　あんな広い国で」

「そうそう。だから心配ないって」

「ジャマイカなんか三百万人もおらへんで。大阪市と似たり寄ったりや」

アンディがおどけた口調で続けた。

「はい、お待ちどおさまでした」

煮上がったキンキの皿を瑠央と杏奈の前に持って行くのを、まいたち三人が目で追った。

「美味そうやねえ。なんつー魚でっか？」

「キンキです」

「金目鯛（きんめだい）ではないの？」

「えーと、似てるけど違うんです。金目鯛はキンメダイ科で、キンキはカサゴの仲間なんですって」

「でも、どっちも高級魚で脂がのってて美味しいわよね。私はやっぱり煮付けが好き」

「まいさんの言う通り。ただ、キンキの方がお高めで、脂ののりも良いんですって。豊洲の魚屋さんが言ってました」

「取り敢えずキンキはいただきましょうよ。これは私の奢りね」

「まいちゃん、ありがとう」

「ゴチになります！」

　アビーとアンディはまいを拝む真似をした。二人とも外国人だが和食を愛し、アンディが関西人らしく納豆が苦手というのも微笑ましかった。

　そのタイミングで戸が開き、三十歳くらいの男性客が入ってきた。その場で立ち止まり、後ろを振り向いて「伯父さん、ここ、ここ」と呼びかけた。

　声に続いて七十歳くらいの男性が入ってきた。どちらも初めて見る顔で、二人ともラフだが趣味の良い服装をしていた。

「いらっしゃいませ。どうぞ、空いているお席に」

二人は真ん中の席に腰を下ろそうとして、年配の男性が隣のまいに「失礼します」と挨拶した。

「あれ？」

男性がまいの顔を見直した。まいも「あら」という顔になった。

「先日は、どうもありがとうございました」

男性は礼を言って軽く頭を下げた。

「いいえ。猫ちゃん、お元気ですか？」

「はい。一日目からすっかり慣れて、リラックスしています」

まいは恵と連れの二人に分かるように説明した。

「先週の日曜日、保護猫の譲渡会があって、そこでお目に掛かったのよ」

「ああ、まいさん、大人の猫ちゃんをもらう予定でしたね」

まいはニッコリ笑って男性の顔を見た。

「そこに亡くなったミーコにそっくりの猫ちゃんがいたの。年齢も十歳で、私でも引き取る資格があったの」

保護猫を世話するＮＰＯの中には、飼い主が高齢の場合、世話が出来なくなったときに次の引き取り手を確保出来ないと譲渡を断る団体もある。今、飼い猫は二十歳以上生きる例も少なくないので、必要な配慮だろう。

「私も長年一緒に暮らした猫を亡くして、ペットロスになってましてね。譲渡会に行ったんです。そうしたらうちの子にそっくりな子がいて……」

男性はまいと同じ猫を希望したのだった。

「お話を伺ったら、週二回、会長をしている会社にいらっしゃる以外はご自宅においでになるというので、お譲りしたの。私は会社勤めだから、留守の間、猫ちゃんに寂しい思いをさせるでしょ」

「そうだったんですか」

男性はジャケットのポケットから名刺入れを取り出した。

「申し遅れました。私、林と申します」

後でまいに見せてもらった名刺には「林嗣治　株式会社フォレスト　会長」とあった。フォレストは財布とバッグを製造販売している会社で、中堅どころのブランドだった。

「これは甥の湊です。私はこの店は初めてなんですが、甥がテレビで観たそうで、面白そうな店だから是非行ってみようと誘われて来たんですよ」

紹介された湊はまいたちに一礼した。今時の青年らしく、小綺麗な印象だ。

「ママさん、元占い師だったんですよね？」

「はい。でもとっくの昔に廃業して、今はおでん屋ひと筋です」

恵は愛想良く答えて、飲み物の注文を訊いた。

「そうだな。私はまずビール。お前は？」

「僕もビールで」

「ビールは大瓶ですか？」

「はい。他に小瓶とノンアルコールもございます」

「じゃあ小瓶を二本もらおうか」

林はカウンターに載った大皿料理を眺めた。

「このお料理はお通し代わりで、二品で三百円、五品五百円なんですよ」

まいが親切に説明すると、林は顔をほころばせた。

「それは良心的だ。じゃあ五品下さい」

甥の方を振り向くと、湊も「僕も」と答えた。

「ママさん、おでん下さい」

キンキの煮付けを食べ終わった瑠央が声をかけた。

「大根とコンニャク、牛スジ、葱鮪、つみれ」

「私は大根とコンニャクと葱鮪、それとハイヒールある？」

杏奈のリクエストに、林と湊が不思議そうな顔をした。

「ハイヒールって、豚足（とんそく）のことなんです。沖縄のおでんから始まったらしいんですけど」

恵はおでんを取り分けながら、林と湊に解説した。

「豚足、うまそうやね。あとで注文しますわ」

アンディはコンビーフとキャベツ炒めを食べながら呟（つぶや）いた。

「美味いね。店の雰囲気も良い」

林はビールのグラスを片手に店内をゆっくりと見回した。

「伯父さんは、やっぱり和食が一番でしょ」

「ああ。それに近頃はかしこまった店で食事をするのも疲れるんだ。こういう気取らない店で、家庭的な物を食べるのが一番良い」

「家政婦さんの作る料理は、ダメ？」

「いや。よくやってくれているが、いかんせん、一人でテレビを観ながら食べるのは、味気ないもんだよ」

伯父と甥の会話から、林が妻と死別して一人暮らしをしていることが分かった。

譲渡会で猫を探したのも、猫が好きなのはもちろん、孤独を紛(まぎ)らわしたい気持ちもあるのだろう。

　米国のロチェスター工科大学の調査によれば、妻を亡くした男性の寿命は同年齢の男性より三割も短いが、夫を亡くした女性にその傾向はないという。伴侶(はんりょ)を失ったダメージは、男性の方が大きいのだ。

　広い家に一人で暮らし、猫で孤独を慰(なぐさ)めている林の姿を想像すると、恵は気の毒になった。

「今度、新しい店を紹介するよ。伯父さん、絶対気に入ると思う」

　湊は林を励ますように微笑んだ。

「佃(つくだ)にある小さな店で、昼は食堂、夜は居酒屋になるんだ。嫁と姑(しゅうとめ)と若い男の料理人が三人でやってて、結構美味いもん出すんだよ。店の雰囲気も明るくてさ。伯父さん、きっと元気チャージ出来るよ」

「佃か……。ほとんど行ったことがないな」

「僕もテレビで観たんだ。『吉永(よしなが)レオの居酒屋天国』。実際に行ってみたらホント、良かったよ。先代が生きてる頃は洋食で有名だったんだって」

　和(なご)やかな雰囲気のうちに時は過ぎ、瑠央と杏奈はシメのトー飯(めし)を食べ終わり、帰り支度を始めた。

「ご馳走さま」

「ありがとうございました」

　カウンターを出て、二人を店の外まで見送った。店内に戻って空いた皿や小鉢を片付け、再びカウンターに入って手早く洗い物をした。

　水道を止めて手を拭いて、何気なく客席を見てハッとした。

　林の背後に、仄かに暖かな色の光が見える。その光はまいの背後にも灯っていた。

　も、もしかして……!?

　夫を亡くしてから一人で暮らしてきたまいにも、新しい出会いが訪れたのだろうか。国際ロマンス詐欺などではない、愛情と信頼で結ばれる相手が、現れたのだろうか。

　恵は注意深く、まいと林を見比べた。まいは優しく上品で、林も人品骨柄卑しからぬ印象だ。それにちゃんとした会社の会長で、経済的にもしっかりしているから、お金で苦労をさせられることもないだろう。

　まいさん、今度こそ！

心の中で念じると、まいが不思議そうな顔で恵を見上げた。

「どうかした?」

「いえ、別に。ハイヒールお口に合いました?」

「ええ。意外にしつこくないのね。結構軽くいただけたわ」

「ああ、良かった」

「でも、今日のおでんのハイライトは、やっぱりセリとイイダコね。旬の恵みをいただけるって、幸せ」

隣では林が「その通り」と言うように、笑顔で頷いていた。


この夜もめぐみ食堂は賑わったが、十時を過ぎるとお客さんが帰り始めた。すべてのお客さんを送り出して時計を見ると十時二十分だった。

今日はこれで早仕舞いにしようっと。

表に出て立て看板の電源を抜いたとき、店の前に藤原海斗が現れた。

「いらっしゃい!」

「いいかな?」

「もちろんですよ。どうぞ」

恵は素早く入り口の札を裏返して「準備中」にすると、いそいそと海斗を迎え入れた。

「お陰様で、今日も大入りだったんです。貸し切りにしましたから、どうぞごゆっくり」

海斗はカウンターに腰掛けて、壁のホワイトボードを見上げた。お勧め料理のうち刺身類とキンキは線で消してある。

「でも、白子は残ってます。鱒は今が旬だから、美味しいですよ」

「じゃあ、後でもらおうかな。あ、飲み物は生ビール、小」

恵はおしぼりを出し、生ビールをジョッキに注いだ。

「昨日の『ニュースダイナー』、観たよ。自然な感じですごく良かった」

「ありがとうございます」

大皿に残った料理を盛り付け、海斗の前に置いた。

「藤原さんは少子高齢化についてどう思われます？」

「心配？」

「そりゃあ、昨日、番組で深沢さんに散々聞かされたばかりですから」

海斗は特に構える風もなく、さらりと言った。

「僕は全然」

「本当ですか？」

「ああ。数ある社会問題の中でも、少子化は一番対策が取りやすいと思うよ。何年でどのくらい人口が減少するか、十分に予測可能だからね。地震や津波や火山の噴火とはわけが違う」

　生ビールで喉を潤してから、海斗は先を続けた。

「そもそも少子高齢化は日本だけの問題じゃない。世界中の先進国はみんな少子化傾向にある。でも、過去三十年でＧＤＰが大きく上がっていないのは日本だけだ。つまり、ＧＤＰと少子化は何の関係もない。労働力不足の問題は、ＡＩの発達によって補えると思うよ」

　頼もしい答えに、嬉しくなってきた。

「藤原さんに言われると、安心するわ」

「何か好きなもの呑んだら？」

「ありがとうございます。それじゃ、日本酒をいただきます」

　軽い飲み口の喜久酔を自分のグラスに注ぎ、目の高さに掲げた。

「乾杯」

ひと口呑むと、安心感が胸に広がる気がした。

「私は人口問題なんか勉強したこともないから、反論も出来なかったんですけど、やっぱりどこか引っかかるんです。日本の国土に一億二千万人の人口って、多すぎるんじゃないかって」

おぼろげな記憶では、江戸時代の日本の人口は三千万人くらいだった。それが明治になって五千万人に増え、第二次世界大戦前に八千万人弱まで増えた。

「確か、この狭い国土で八千万人は養えないという理由で、満洲や南米への移民を奨励したんですよ。それなのに今、人口減少で大騒ぎするのって、どこか間違ってると思うんですけど」

単純に考えれば、人口が減れば住宅難や通勤ラッシュも解消するのではあるまいか。

「少子化対策を研究する団体の長が、人口減少を問題にするのは当然だよ。人口が減っても問題ありませんじゃ、国から助成金をもらえなくなるからね」

海斗はいくらか皮肉な口ぶりで言った。

「それと、彼らが言うには、少子化に加えて高齢化が問題なんだろう。戦前は六十歳で亡くなった人間が、九十、百まで生きるようになると、年金などの社会保険料の現役世代の負担が増えるってわけだ。一九七〇年頃はリタイア世代一人を約十人で支えてたのが、今や二人で一人、二〇六〇年には一・三人で一人を支えるようになるというんだが……」

恵もその話は聞いたことがある。

「でも、人口って、永久に減り続けるわけじゃなくて、どこかの時点で下げ止まると思うんですけど」

「そう。それに健康寿命も延びている。僕はあんまり悲観していないよ」

恵は人口減少より、寿命の延びの方が心配だった。もし百歳まで生きることになったら、どうしたらいいのだろう。

「藤原さんは百まで生きることになったら、どうしますか？」

「そうだなあ」

海斗はぼんやりと視線を彷徨わせた。

「現役は引退しているとして、それでも何かで社会と繋がりを持っていられたらと思う。何もすることがなくて、一日中ぼんやり過ごすのは辛いだろうな。たとえ寝たきりでなくても」

恵は百歳の自分を想像出来ないが、それ以上に百歳の海斗を想像出来なかった。

「ただ、もしかして、百歳になったらそういう生活に苦痛を感じないのかも知れない。僕は日がな一日ボーッとしているお年寄りを見ると気の毒に思うけど、本人は案外平気なのかも知れないね。老人の気持ちは、僕にはまだ想像もつかない」

「そうですよね」

恵は昔、長嶋茂雄が「初めての還暦です」とコメントしたことを思い出した。

「あのときは笑ったけど、考えてみれば誰だって還暦は初めてなんですよね。七十歳になるまで七十歳の気持ちは分からないし、百歳だってなってみないことには、どんな気持ちか分かりませんよね」

海斗は黙って頷いて、生ビールの残りを呑み干した。

「セリとイイダコのおでん、それと白子の天ぷら。酒は伯楽星と鯉川、どっちが良いかな……」

伯楽星は宮城の酒で、爽やかで清々しい辛口タイプ。鯉川は山形の酒で、ふくよかな米の旨味が詰まった旨口タイプだが、シャープな切れ味もある。

「迷うなあ」

結局は両方の酒を一合ずつ注文した。

恵は海斗がセリとイイダコを食べ終わるのを待って、天ぷらを揚げ始めた。油のはぜる音まで美味しそうで、食欲をそそる。

「はい、どうぞ。お好みの味で」

「さすが、ちゃんと天つゆがある。僕は天つゆなしで『塩でどうぞ』っていう店は嫌いなんだ」

嬉しそうに言って、天つゆに浸(ひた)した白子天ぷらを口に運んだ。続いて伯楽星のグラスを傾けた。

「うま……」

目を細めて溜息を漏(も)らす海斗を見て、恵はおかしくなった。

そう言えば、この人は少子化対策なんて考える柄(がら)じゃなかったわ。恋人がＡＩなんだもの。

しかし、それがどうしたという気にもなった。

「少子化なんて気にしないわ。世の中には美味しいものと美味しいお酒がいっぱいあるんだもの！」

翌日、開店早々に林嗣治(つぐはる)が一人で来店したので、恵はいささか驚いた。

「いらっしゃいませ。昨日の今日で、ありがとうございます」

「いや、なかなか良い店だと思ってね」

しかし、その言葉とは裏腹に、林の心は別の所にあるらしい。

今日の大皿料理は、タラモサラダ、野沢菜とジャコのゴマ油炒め、叩き(たた)ゴボウ、小松菜のお浸し、トマトと卵の中華炒め。

見た目も彩り(いろど)豊かなのに、林は料理などまるで目に入らない様子で、少しソワソワしている。

「お飲み物は？」

「ビールの小瓶を」

そしておしぼりを使う間ももどかしそうに、問いかけた。

「ママさん、大友まいさんはよく来るの？」

「お住まいが四谷なので、お仕事帰りに寄って下さいます。でも、英会話教室へ通うようになってから足が遠のいて、今は月に一、二回でしょうか」

「仕事は事務員さん？」

「はい。児童養護施設にお勤めだとか」

「お一人暮らしだと伺いましたが、ご家族は？」

「確か六年くらい前にご主人を亡くされたと伺いました」

「お子さんは？」

　恵は首を振り、気の毒そうな顔をした。

「それで、子猫を飼うのを諦めたんですよ。もしものときの引き取り手がいないから」

「ああ、なるほど」

　林はビールを呑んだが、料理には手をつけようとしない。気が急(せ)いているのが伝わってきた。

「ズバリ訊くが、彼女はどんな女性かね？」

「あの通りの方ですよ。優しくて素直で、悪意のない方です」

　普通なら、昨日会ったばかりの林にまいのプライバシーを話すなどあり得ない。しかし、二人の背後にはオレンジ色の光が灯っていた。

　林はまいに好意を持っている。そしてまいもどうやら、憎からず思っている。それなら、二人の縁が結ばれるように努めるのが、自分の役目だと思ったのだ。

「林さんは、まいさんに好意を持っていらっしゃるんですね？」

　恵もズバリと訊いた。

「結婚したいと思っている」

林は少しもためらわず、きっぱりと答えた。

「女房を亡くして五年経ちます。これまで再婚は考えませんでした。世話をしてくれる人はいましたが、とてもそんな気になれなかった。誰かと新しい関係を築くのが煩わしくて……。私は子供がいないので、年の離れた弟を後継者にしています。会社も弟の一家に託すつもりです。だから、再婚して財産問題でゴタゴタしたら厄介だと思いましてね」

このまま年老いて、亡き妻のそばへ逝くのだと思っていた。

「今年の春、亡くなった女房も可愛がっていた猫が急死しました。まだ七歳だったんです。そのとき愕然としたんですよ、寂しくて……」

おそらく、妻を喪ったときから寂しかったのだろう。だが、喪失のダメージが大きすぎて、それを自覚する気力もなかった。月日が経って少しずつ気力が回復してきたとき、突然愛猫を喪い、初めて自分の孤独の深さに気がついた。

「しかし、再婚話をことごとく断っていたので、今更誰かに世話を頼むことも出来ませんでした。どの面下げて……ですよ」

そんなとき、保護猫の譲渡会に出掛けて、まいと出会った。

「そのときは漠然とした好意だけでした。それが、昨日偶然こちらで再会して、ハッとしました。笑われるかも知れませんが、この人だ、と思ったんです」

　話の中身は〝おのろけ〟のはずなのに、それを語る林の表情は哀しげに見えた。自身の孤独と人生の残り時間が、背中にのし掛かっているからだろう。

「まいさんに、再婚する気持ちはあると思いますか？」

「はい」

　恵は胸を張って請け合った。

「私は、まいさんは林さんに好意を抱いていると思います」

「本当に？」

　林はすがるような目で恵を見上げた。

「間違いありません。だから、林さん、余裕を持ちましょう。急いては事をし損じます」

　林は恥じ入るように頰を赤らめた。

「女性が相手を好きになる気持ちは、男性よりゆっくりなんです。だから、まいさんの気持ちが十分に盛り上がるまで、落ち着いて待ってあげて下さい。まいさんは必ず林さんを好きになります」

　ここまで余計な口出しをするのは、まいに幸せになってもらいたいからだ。そして、林の誠実さを感じたからだ。

林となら、まいはきっと幸せになれる。

恵は確信した。そして、ひと肌もふた肌も脱ぐ決意を固めた。

「林さん、切っ掛けは猫ですよ。お宅で引き取った猫は、まいさんが可愛がっていた猫にそっくりなんでしょう。それなら『うちに猫を見に来ませんか？』ってお声をかけたら如何(いかが)ですか？」

恵はカウンター越しに、林の方にぐっと身を乗り出していた。

四皿目

菜の花とフグのランデブー

　あわただしく師走は過ぎ去り、新しい年を迎えた。

　最近は正月といっても特別な感慨はなかったのが、一昨年から世界中で猛威を振るった流行病でも、何とか店を続けてこられたことに、安堵と感謝の念が湧いてくる。

　例年になく、今年は初詣に行くことにした。明治神宮をはじめ、浅草寺、靖國神社、神田明神など、有名どころは毎年すごい人出だが、それでも三が日を過ぎればある程度落ち着きを取り戻し、ゆっくりお参りが出来る。

　四谷付近の神社で一番有名なのは須賀神社だろう。映画『君の名は。』にも登場した。映画が公開されてしばらくは〝聖地巡礼〟の若い男女が訪れたという。

　恵は、一月三日に金丸稲荷神社に参詣した。

　東京メトロ四谷三丁目駅から徒歩五分の距離にある。周囲を昭和レトロな飲み屋に囲まれたこぢんまりとした神社で、飲食店の店主たちから商売繁盛の神様と奉られている。おでん屋の女将がお参りするのに、これほど相応しい神社はない。

　お賽銭を奮発して千円投入し、丁寧に拝んで境内を後にした。

　四谷界隈は繁華街というよりビジネス街と学生街の入り混じった土地柄なので、オフィスも学校も休みとなれば、人通りも少なく閑散とした印象だ。

閑散としたのは正月だけではない。二年前に初めて東京に緊急事態宣言が発令されたときも、同じような光景を目にした。

まったく、縁起でもない。

恵はその記憶を振り払った。せっかくの正月だというのに、不吉なことは思い出したくない。

腕時計に目を遣ると、時間は午後三時過ぎだった。いつもなら午後四時に家を出て店に向かうのに合わせて、持って行く食材を揃えたり身支度を整えたり、準備に忙しくしている時間だ。それがのんびり初詣に来られたのだから、やはり正月はめでたい。

四谷三丁目駅に向かう途中で、ショルダーバッグに入れたスマートフォンが鳴った。画面を見ると邦南テレビの江差清隆だった。

「どうも、明けましておめでとうございます」

明るくて、どことなくおちゃらけた声音が耳に流れた。

恵が型通りの挨拶を返すと、江差は「今日、夕飯でも食わない？　ご馳走するよ」と訊いた。

「江差さん、番組があるんじゃないですか？」

「三が日は正月特番で、通常編成に戻るのは四日から。だから今日までは夜、空いてるんだ」

「お誘いは嬉しいけど、今日お店、開いてます？」

「神楽坂の知り合いの店が、今日から開けるって」

「まあ、働き者！　え～と、何時にどちらに伺えばよろしいですか？」

「分かりにくい場所だから、神楽坂下のスタバで待ち合わせよう。六時半で大丈夫？」

「はい。それじゃ、よろしくお願いします」

恵はスマートフォンをしまい、一度家に戻ることにした。

二つ返事で江差の誘いに応じたのは、ひとえに退屈していたからだ。日頃は月曜日から土曜日まで、夕方になると店を開け、お客さんの相手をしているのに、暮れの二十九日に店を閉めて以来、今日までほとんど一人でマンションに閉じこもって過ごしていた。

地上波テレビはどれも面白くないし、録画したケーブルテレビの映画は期待外れで、動画配信サービスも好みの番組がなかった。

そして食事も芳しくなかった。毎日仕事で料理を作っているので、年末年始は完全に手抜きで、店の残り物とコンビニで予約したおせち料理を食べ尽くすと、あとはコンビニの惣菜ばかり食べていた。

だから神楽坂の料理屋でご飯が食べられるのは魅力だった。それに江差は面白い男で、話していて退屈することもない。

「たまにはお年玉代わりにちょっといい目を見たって、バチは当たらないわよね。お賽銭、千円も弾んだんだから」

恵は独りごちて、笑いを嚙み殺した。


六時二十分に神楽坂下のスターバックスに到着した。江差はまだ来ていなかった。恵はコーヒーを注文して二人掛けの席に座った。

初詣に着て行ったチュニックから、もう少しドレッシーな服に着替えてきた。どちらもバーゲンで買った品で、値段は同じなのだが。

着物に割烹着姿で店に立つようになってから、洋服はほとんど普段着で、高級品は買わなくなった。

「どうも、お待たせ」

五分ほどして江差が入ってきた。カウンターでホットコーヒーを注文し、カップを片手に向かいに座った。

「今日は着物じゃないんだ」

江差はワンピース姿の恵を見て、珍しそうに目を瞬(しばた)いた。

「着物は仕事着。今日はプライベート」

「ああ、なるほど」

スターバックスを出ると、江差は恵と並んで神楽坂を上り、坂の中程で右の路地に折れた。うっかりしたら見過ごしてしまいそうな細い道で、並んで歩くのが難しいほどだった。

街灯(がいとう)の光もまばらな暗い路地を、江差は先に立って奥へ奥へと進んで行く。両側には小料理屋の看板がいくつもかかっているので、きっと通常はにぎやかなのだろう。

その路地のどん詰まりに一軒の建物があった。普通の一戸建てで、看板も出ておらず、民家にしか見えない。しかし、江差は玄関の引き戸を開けて恵を振り返り、「どうぞ」と促(うなが)した。

中は一般家庭の玄関のようで、三和土(たたき)と小上がり、壁際には靴入れが置いてある。

「いらっしゃいませ」

細めに開けた障子の向こうから、店主らしき男性の声がかかった。

「こんばんは」

靴を脱いで上がり、障子を開けると、中はお座敷カウンター形式になっていた。予約してあったためか、塗りの盆が二枚置かれ、箸や盃がセットされていた。

「本日はありがとうございます。どうぞ、お掛け下さい」

白衣姿の店主がL字カウンターの中で頭を下げた。年齢は五十くらいで、髪を短く刈り、白い調理帽をかぶっている。後でこの店は「こくら」という名前だと知った。

店主はおしぼりを差し出しながら「お飲み物は如何しましょう?」と尋ねた。

「ビールで良い?」

「はい」

「キリンの大瓶一つね」

注文を告げると恵を振り向き、「『ニュースダイナー』のスポンサーなんだ」と小声で言った。

「意外と義理堅いんですね」

「しょうがないよ。スポンサーあっての番組だから」

店主がビールの栓を抜いて出すと、江差は恵を紹介した。店主は律儀に挨拶してから、苦手な食材はないかと訊いた。

「大丈夫です。美味しいものはみんな好きです」

「じゃ、大丈夫。ここは何でも美味いから」

ビールで乾杯すると、先付が出た。

「菜の花の鯛の子和えでございます。本日、走りの菜の花とフグが入りましたので、そちらを中心に献立を組ませていただきました」

菜の花の緑に薄ピンクの粒が絡み、刻んだ大葉が飾ってある。その薄ピンクの粒が鯛の子で、たらこに通じる豊かな旨味を、あっさりしているのに味わい深い出汁で煮含めてある。それがソースとなって菜の花のほろ苦さと混ざると、互いの旨さを引き立て合って、絶妙のひと言だ。

「……美味しい。鯛の子で野菜を和えるなんて、こんな料理があったんですね」

恵は素直に感心した。キチンと修業を積んだ料理人の技量は、恵のような素人上がりとはレベルが違う。だから張り合う気持ちなどまるでない。感謝しつつ美味しいものをいただくのみだ。

次は椀物で、蟹真薯が出た。真薯は魚介類と山芋などを混ぜて蒸した料理だが、この店では生の蟹をふんだんに使っているので、たいそう贅沢な仕上がりだった。

恵は出汁を啜って、その美味しさに溜息を吐いた。

「ああ、本当に美味しい。味付けが上手で火入れの上手い料理人は、どんな料理を作っても美味しいわ」

江差は店主をチラリと見て、嬉しそうに頷いた。口数の少ない店主と江差の間には、信頼関係があるようだ。

「次はお造りで、フグの薄造りになります」

「やっぱり日本酒だな。何が良い？」

「寒北斗というお酒が入っています。福岡県の銘酒です」

「福岡？　九州は焼酎かと思った」

「はい、一般的には。でも福岡や佐賀は南九州ほど気温が高くなくて、水も良いので、日本酒造りも盛んなんですよ。フグも福岡産ですから、相性はよろしいかと存じます」

「それじゃ、是非その寒北斗を」

デカンタとグラスは切子細工だった。寒北斗の純米吟醸を口に含むと、雑味のない味が口に広がった。上質の酒米と仕込み水を使い、丁寧に醸されていることがダイレクトに伝わってくる。すっきりした飲み口でありながら、米のまろやかな甘味がふんわりと広がる旨口の酒だ。フグ刺しとの相性の良さは言うまでもない。

「お刺身と日本酒って、黄金の組み合わせね。どっちが欠けても〝クリープを入れないコーヒー〟より味気ないわ」

　主人は含み笑いをしたが、江差は「なに、それ？」と首を傾げた。

「あ～あ、やっぱり世代間のギャップね。昔流行ったＣＭ」

　刺身の後は焼き白子が出てきた。表面はわずかにキツネ色を帯びていたが、箸を入れると中はあくまで白くクリーミーだった。レモンを少し搾って口に入れると、旨味の凝縮した濃厚さで、舌がとろけそうになる。

「やっぱり、フグの白子は違うわ。『美味しんぼ』でもフグの白子と鱈の白子がどんだけ違うか書いてあったけど、食べ比べると確かに違うわよねえ」

　めぐみ食堂でも鱈の白子を出しているので、味が舌に残っている。

　口惜しいがフグの白子とは「似て非なる味」と言われても認めざるを得ない。

「それにしても寒北斗は大正解だな。やっぱり同じ土地の食べ物と酒は相性がいいや」

　江差も上機嫌でグラスを干し、寒北斗のお代わりを注文した。

　焼き白子に続いてフグの唐揚げが出てきた。通常なら次は鍋で、最後に雑炊となるところだが、登場したのは菜の花とホタテのクリーム煮だった。

「俺、刺身と白子と唐揚げは好きなんだけど、鍋があんまりね。野菜と煮てポン酢で食べるって、つまんない気がして。だからフグを頼むときは鍋は外してもらってるんだ」

「すごい贅沢。やっぱりテレビ局の人って高給取りよね」

「その代わり激務だよ。盆も正月もない」

　江差の口調はむしろ得意気だった。やり甲斐のある仕事に従事している人は皆、忙しいことを誇る傾向がある。江差も例外ではない。

　鍋は出なかったが、最後にはフグ雑炊が出された。野菜を入れず、純粋にフグのアラだけで出汁を取っているので、たいそう贅沢だ。

「菜の花と桜エビの炊き込みご飯を作りましたので、お土産でお持ち下さい」

　主人はフグ雑炊を給仕しながら言った。

「江差さん、本当にご馳走さま。新年早々、贅沢させていただいて、ありがとうございます」

デザートのわらび餅とメロンが出されたタイミングで、恵は深々と一礼した。

江差は両手を突き出して、押し留めるジェスチャーをしながら言った。

「恩に着なくて良いよ。こっちも下心があるから」

予想していたことなので、別に驚かなかった。

「あら、何でしょう。お金、身体、臓器？」

江差は余裕のある笑顔で首を振った。

「うちの番組にコメンテーターで出てくれないかな。週一のレギュラーで」

「ダメ」

「二つ返事で断らないでよ。丸い卵も切りようで四角ってね」

「だって、どうせダメだもの。私はもうテレビに出る気はないし」

「どうして？　すごく反響良かったよ。それに恵さんだって、すごく落ち着いてコメントしてたじゃない」

江差は一度お茶を啜って言葉を続けた。

「正直、今のレギュラー陣は少しマンネリ気味でね。新鮮な顔が欲しいんだ。夕方の時間帯の視聴者には主婦層も多いから、彼女たちと同じ感覚を共有している人材が欲しい。地道に商売を続けているおでん屋の女将さんは、彼女たちの意見を代弁出来る。それに、かつての人気占い師という経歴も良い。現役時代を知っている視聴者も大勢いるはずだ。きっと意見に箔が付く」

「本当に悪いけど、私はもうテレビに出る気は全然ないの」

「別に占いをして欲しいと言ってるんじゃない。思ったまま意見を言ってくれればいいんだ。そんなに難しいことじゃないと思うけど」

恵はひょいと肩をすくめた。

「だから困るのよ」

江差は怪訝そうに目を凝らした。

「だって、スタジオに行ってちょっとおしゃべりするだけで、十万も二十万ももらえるわけでしょ。しかも黒塗りの車の送迎付きで。そんな美味しい思いしてたら、地道におでん屋やってるのがアホらしくなるわ。人生狂っちゃう」

「良いねえ、その生活感覚。俺の目に狂いはなかった」

少しも気を悪くした風はなく、嬉しそうに微笑んで続けた。

「私、待つわ」

「無駄」

恵は再びきっぱりと断ったが、江差は少しも気にならない様子だ。

「急がないから、気長に考えてよ。四月の編成に間に合えばＯＫ」

憎めない笑顔のまま、そう話を締めくくった。


新年は一月五日から店を開けた。四日は仕事始めだが、早めに仕事を終える会社が多いので、夜の集客が期待出来ないからだ。

六時を待って暖簾(のれん)を表に出し、立て看板の電源を入れ、「準備中」の札を「営業中」に返した。

お客さんもおせち料理に飽きている時期なので、大皿調理はホウレン草とベーコン炒(いた)め、バジルポテト、カリフラワーのクリーム煮、冬野菜のマリネ、デビルドエッグと、なるべく洋風を心掛けた。

今日のデビルドエッグは茹(ゆ)で卵の黄身をマヨネーズとマスタードで和え、小海老(こえび)をトッピングして乾燥パセリを振りかけた。黄色と赤と緑で、見た目も華やかだ。

「こんにちは。明けましておめでとう」

年頭を飾ってくれたのは、新見圭介(にいみけいすけ)と浦辺佐那子(うらべさなこ)の事実婚カップルだった。

「お正月、如何(いかが)でした？」

「のんびりしてましたよ。二人で除夜の鐘を聞いて、うちの近所の神社に初詣に行って、テレビを観ながらおせちを食べて……」

　佐那子はそこで一度、言葉を切って「うふふ」と含み笑いをした。

「お互い、いい加減飽き飽きしちゃった。おせちにもテレビにも、べったり一緒に過ごすのにも」

「あら、いいんですか？　そんなこと仰って」

　見れば新見も隣で苦笑している。

「いや、何というか、親しき仲にも礼儀というか、適当な距離感を保つことは大事だと、つくづく思いました」

「そうなのよ。大学がお休みになってから、かれこれ半月ほど、ずっとお互いに顔をつき合わせていたんだもの。ちょっと息苦しくもなるわ」

　おしぼりを渡して飲み物を訊くと、佐那子はグラスのスパークリングワイン、新見は生ビールの小を頼んだ。

　恵の聞いた話では、二人は事実婚が成立した後も自分のマンションで生活し、週に何度かお互いの家を訪ね合って、時には何日か泊まることもあるという。

「この年になると、自分の生活のリズムが出来てるでしょ。相手に合わせてそれを崩すと、どこかで無理が出る気がするのよ」

佐那子はそう説明した。人生の先輩の知恵に、恵は感心したものだ。

「つまり、今度の冬休みに限って『同棲時代』に挑戦したんですね？」

「そう、そう」

佐那子ははしゃいだ声を出した。

「何となく一人でいるのが心細くなっちゃって。流行病が長引いて、お互い心が弱ってたんだわ」

「二泊三日か、せいぜい一週間くらいで引き上げるべきだったんですが、ズルズルと彼女の家に居続けしてしまったのがよくなかった」

「仕方ありませんよ。過去二年間、マスコミに恐怖心を煽られてきたんですもの」

テレビのワイドショーは「検査陽性者」を「感染者」と言い換えて、連日その増加を報道し続けた。その反面、快復者や退院者の数はほとんど報じられることがない。

結局のところ、二〇二〇年の死者数は前年より約八千五百人も少なくなった。日本のような高齢化社会では、毎年二万人程度、死者数が増え続けるのが自然なのに、まるで逆行する現象が起こったのだ。流行病対策で他の感染症の死亡者が減ったのは分かり易いが、どういうわけか心疾患も脳血管疾患も癌も交通事故も死者が減った。

しかしその反面、自殺者は増えた。特に女性と若者が。

マスコミのまき散らした恐怖報道によって、心を病む人が増えたからだと、恵は確信している。流行病を恐れてデイサービスやリハビリに通うのをやめた高齢者が引き籠もり状態になり、老衰と鬱病が進んだという話はあちこちで聞いた。

「でも、お二人は鬱にならなくて良かったわ」

「それだけは、何とか」

佐那子は新見の顔を見て微笑んだ。

「だから今日は楽しみにしてたのよ。やっぱり来て良かったわ。おせちじゃない料理がいっぱい」

「この卵は、イースターエッグでしょう?」

「さすが新見先生。よくご存じで」

デビルドエッグはアメリカではイースターの定番料理だという。

二人は五品のお通しを肴に、一杯目の酒を空にした。

「ええと、今日のお勧めは……」

佐那子が壁のホワイトボードを見上げた。

本日のお勧め料理は、平目と甘エビ（刺身またはカルパッチョ）、鱈の白子（湯引きポン酢または天ぷら）、ワカサギの天ぷら、キンキ（塩焼きまたは煮付け）、菜の花（ゴマ和えまたは辛子和え）。

「あら、ワカサギ。季節ねえ。これ、いただきましょうよ。それと菜の花。ゴマ和えと辛子和え、どっちになさる？」

「そうだなあ……」

「よろしかったらハーフ＆ハーフでお造りしますよ。それと、辛子マヨネーズもあります」

新見は佐那子に目を向けた。料理の注文はだいたい佐那子任せで、新見は何を食べるかより、二人で食べることを大切にしている。

「ゴマ和えにしましょうか。お醤油の味は他の料理と重なるし」

「それもそうだ。僕はこの後は日本酒でいくから、白子の湯引きポン酢は食べたいな」

「私はスパークリングワインで通すから、平目と甘エビ、カルパッチョでもらいましょうか」

「ありがとうございます。少々お待ち下さい」

恵は菜の花から出すことにした。冷蔵庫から茹でた菜の花を出し、ゴマのソースと和えるだけだ。次はカルパッチョと白子、その後でワカサギの天ぷら。揚げ物は最後に出す。

二皿目の料理を出したとき、新しいお客さんが入ってきた。男女の二人連れだった。

「まあ、いらっしゃいませ！」

男性客の顔を見て、恵は少し驚いた。『ニュースダイナー』で一緒に出演した深沢洋だった。

「おいでいただけるなんて、びっくりです」

あのときの感じでは、深沢は恵をその日限りの人物と切り捨てていて、わざわざ店に来るとは思えなかったのに。

「いや、家内がすっかり玉坂さんのファンになってしまいましてね。一度店に連れて行けとうるさいんですよ」

「あら、あなただって行きたがってたじゃないの」

隣に座った女性が深沢を睨む振りをした。年齢は四十代後半くらいで、ショートカットで背筋がピンと伸び、キャリアウーマンのような雰囲気があった。

「妻の朱里です」

「玉坂恵でございます。本日はありがとうございます」

恵は笑顔で頭を下げ、おしぼりを渡しながら飲み物の注文を尋ねた。

「僕はやっぱり、最初はビールだな」

「私も」

「生ビールと瓶と、どちらがよろしいですか？」

二人は「どうする？」という風に互いの顔を見合った。

「生にしようか。僕は小」

「じゃあ、私も同じで」

恵は生ビールを注ぎながら、一品で三百円、五品で五百円のお通しの説明をした。

「全部いただきましょうよ。みんな美味しそう」

朱里が深沢の腕を指でつついた。

「……というわけで、二人とも全部」

「はい。ありがとうございます」

大皿料理を取り分けて皿に盛ると、朱里は生ビールの小ジョッキを置いて割箸を取り、二本に割って深沢に渡した。

「季節料理も美味しそう。それに、おでんも色々な種類があるのね」

「お勧めの種ってあります？」

朱里の言葉を引き取って、深沢が訊いた。

「一応、売りにしてるのが牛スジと葱鮪、手作りのつみれなんです。夏はトマトの冷やしおでんも出してるんですけど」

朱里が「ハイヒール」の品書きに目を留めた。

「あれは何ですか？」

「豚足です」

「豚足？」

二人とも目を丸くした。

「お客さまが富山のおでん屋さんで食べて美味しかったと仰るので、調べてみたら、沖縄のおでんでは普通にあるそうなんです。試しにやってみたら好評で。下茹でして余分な脂肪を落としてから煮込むと、意外なほどあっさり食べられるんですよ」

「どう？」

朱里が窺うように深沢を見たが、深沢は困惑気味に眉をひそめた。

「僕はパス。あの外見がダメなんだ」

「そう。残念だわ」

朱里が小さく肩をすくめ、溜息を漏らした。

その後も、二人はあれこれ相談しながら注文を決めた。

平目と甘エビの刺身、ワカサギの天ぷら、菜の花のゴマ和え。

飲み物は深沢のリクエストで山形の銘酒・白露垂珠の純米大吟醸に変わった。

料理も酒も、二人の意見が合わないときは朱里が譲った。そして料理が前に置かれると、朱里は深沢のために小皿に醤油を注いだり、レモンを搾ったりと、小まめに世話を焼いた。

恵は二人の様子を見ていて、少しくすぐったい気持ちになった。長年連れ添った夫婦は、どうしても互いに淡泊で素っ気なくなりがちだが、五十代と四十代の深沢と朱里には、新婚ほやほやに近い雰囲気がある。

「深沢さんはご夫婦でよく食事に行かれるんですか？」

「ええ。週に一回は必ず」

「仲がおよろしいですね」

恵が素直に褒めると、朱里は照れたように微笑んだ。

「うちは子供もいないし、普段は仕事ですれ違いも多いから、日を決めて外でデートみたいなことをしないと、マンネリになっちゃうのよ」

少子化問題の対策を研究している深沢に子供がいないとは意外だったが、それは顔に出さず、恵はにこやかに答えた。

「それは良いことですね。外に出掛けると、家に居るときと気分が変わりますものね」

「ええ。それに、新しいお店に行くと話題も増えるし。この前の店はああだった、こうだった、また行きたいとか」

朱里は何故か意味ありげな目つきで深沢を見た。すると、深沢は舌の先まで出かかった言葉を呑み込むように、口を引き結んだ。

「恵さん、お勘定して下さい」

佐那子が声をかけた。お勧め料理の後でおでんをつまみ、最後はトー飯を仲良く半杯ずつ食べ終えた。

「ありがとうございました。またお待ちしてます」

恵はカウンターを出て、店の前で佐那子と新見を見送った。

店に戻ろうと踵を返したところで、こちらに歩いてくる大友まいと林嗣治の姿が目に入った。

反射的に会釈を送ると、まいは大きく手を振って、小走りに駆け寄った。

「お席、空いてる？」

「もちろんですよ」

恵は声を潜めてまいの耳元で囁いた。

「うちで良いんですか？　もっと高いお店に連れて行ってもらった方が良くないですか」

「いやあねえ、何言ってるの」

そして林を手招きした。

「空いてるそうですよ」

林も足早に近づいて、恵に挨拶した。

「それは良かった。すっかりここのおでんが気に入ってしまって、もう一度食べたいと思っていたんです」

それは心にもないお世辞だった。まいのことを相談に来た日、林はほとんど何も食べずに店を飛び出して行ったのだから。

「どうぞ、空いてるお席に」

恵はカウンターに戻り、手早く食器類を片付けた。

「私、スパークリングワイン下さい」

「私も同じものを」

林の表情はこの前よりずっと満ち足りていた。好意を持った女性とデートに漕ぎ着けたのだから、嬉しいに違いない。初めて甥と店を訪れたときは、ビールの小瓶しか呑まなかったが、今日はまいに合わせてスパークリングワインを注文した。まいの気持ちを尊重している証拠と思われた。

「ここのトー飯は召し上がりました？」

「トー飯？　いいえ」

それは何かと問い返す林に、まいはトー飯の説明をした。

「茶飯の上におでんのお豆腐を載せて、海苔と山葵を散らしてお茶をかけるんです。サッパリしていて、シメにぴったりなんです」

「それは美味しそうですね。今日は是非、いただきます」

恵は二人の前にお通しを盛った皿を出した。

「今日の料理は洋風が多いのね。おせちには飽きてたから、嬉しいわ」

「私も今年は珍しく、おせちの宅配を頼みましたよ」

まいは林から恵に目を移した。

「林さんはね、毎年年末年始はホテルで過ごしてるんですって。羨ましいわね」

「一人暮らしですからね。家に居ても時間を持て余して……。ホテルは年末年始はイベントを用意しているので、退屈せずに過ごせるんです」

「そう言えば、林さんが引き取られた猫ちゃんはお元気ですか？」

恵が訊くと、林は待っていたというように打ち明けた。

「あの子のこともあって、今年はずっと家に居たんですよ。引き取って早々、ペットホテルに預けるのは可哀想で」

「あの猫ちゃん、林さんに引き取られて幸せですよ。お宅も広いし、よく面倒を見てもらってるし」

まいは恵を見上げて言った。

「すみれって可愛い名前を付けてもらったのよ」

「結局〝スーちゃん〟と呼んでますが」

まいと林は楽しそうに小さく笑った。

二人の会話を聞くと、どうやら恵のアドバイスを受けて、林は猫を〝エサ〟にまいを自宅に誘うのに成功したらしい。

「不思議なもんです。あんな小さな動物がそばにいるだけで、心が和むんですから」

　林はしみじみと言った。

「現役で仕事をしている時代は、まさか自分が猫を可愛がるようになるとは思いませんでしたよ」

「それはみんな同じですよ。私も若い頃は忙しくて、猫を飼う余裕がありませんでした。子供の頃は家で犬と猫を飼ってたんですけどね。でも、中年になってから、人に頼まれて赤ちゃん猫をもらったら、私も主人もすっかり夢中になってしまって」

　恵はふと、占いの師匠だった尾局與が言ったことを思い出した。

「人の興味は、子供の頃は犬や猫のような、小さな動物に向けられる。やがて成長して思春期を迎える頃から、人間が興味の対象になる。そして老境に入ると、石や木や自然の風物に関心を抱くようになる」

　その説を聞いたときは、なるほどと思ったものだ。当時の恵のイメージでは、子供はペットが好きで、若者は異性に興味津々で、老人は書画骨董の蒐集や盆栽いじりをしているイメージがあった。

しかし最近の老人はアクティブで、盆栽をいじるよりデイサービスやスポーツジムに通っている印象が強い。まいと林がペットに愛情を注げるのも、昔に比べて高齢者の体力と気力が向上しているからだろうか。

「林さん、豚足は召し上がれますか？」

「好物ですよ」

「良かった。ハイヒールはもう召し上がりました？」

「いや、この前は注文しそびれました。他にも色々頼んでしまって」

「じゃ、今回は是非召し上がって下さい。意外なくらい上品なお味でした」

「それに、何と言ってもコラーゲンたっぷりですものね」

恵が口を添えると、まいは嬉しそうに微笑んだ。

入り口の戸が開き、新しいお客さんが入ってきた。二人連れと三人連れの常連さんだった。

「いらっしゃいませ。どうぞ、空いてるお席へ」

今夜も大入りになりそうで、恵はつい頬(ほお)が緩(ゆる)んだ。そして、やっぱりテレビ出演の話は断って良かったと思った。

あの華やかな世界は魔力がある。そこに出入りするうちに、昔日への未練が頭をもたげるかも知れない。そうしたらきっと、今の地道な暮らしに対する感謝と愛着が薄れてしまう。

今の暮らしは恵に残された最後の砦だった。どんなことがあっても、失うわけにはいかない。

八時半少し前に、深沢が勘定を頼んだ。

「本日はどうもありがとうございました」

満席だったので、恵はカウンターの中で頭を下げた。

「ご馳走さまでした。美味しかったわ」

朱里は同意を求めるように深沢の顔を見上げた。

「また伺います」

深沢が軽く挨拶してくるりと踵を返すと、朱里がさっと腕を絡めた。二人は腕を組んだまま店を出て行った。

恵の目には、朱里の背中にオレンジ色の光が灯っているのが見えた。

十時半までにお客さんは二回転した。お客さんは揃って帰り支度を始め、腰を上げた。

「ありがとうございました」

カウンターを出てお客さんを見送り、ついでに立て看板の電源を抜いた。暖簾をしまおうと立ち上がったところで、こちらに歩いてくる江差の姿が目に入った。

「いらっしゃい」

恵は「営業中」の札を裏返し、江差を店内に招き入れた。

何となく、来るのではないかという予感があった。一昨日レギュラー出演の話を断っているので、今夜あたり、もうひと押ししに来るかも知れないと。

「お飲み物は？」

カウンターを片付けながら、それとなく江差の様子を観察した。今日もどこかとぼけた印象は変わらない。

「そうだなあ。取り敢えず小生」

そして当たり前のように付け加えた。

「恵さんも一杯どうぞ。奢るよ」

「ありがとうございます。でも、今日は私の奢りです。一昨日は本当にご馳走さまでした」

「恩に着ないでって。下心ありだから」

　恵は生ビールとお通しを出してから、自分用のグラスにスパークリングワインの残りを注いだ。

「でも、ちょっと申し訳ない気持ちよ。あんな美味しいお店に通ってる方に、この店に来ていただくなんて」

「あっちはあっち、こっちはこっちだよ。『こくら』の料理は絶品だけど、毎日食うもんじゃない。よそ行きの着物みたいなもんだな」

　江差は生ビールをひと口呑んで、おでん鍋を眺めた。

「おでんって、不思議だよな。一週間に五回食っても飽きがこない」

「ある人に言わせると、貧乏な食べ物だからですって。大根とかコンニャクとかちくわぶとか、基本地味な食材ばかりだし、鍋に入れちゃえば何でもおでんだし。例えばハイヒールとか」

「ああ、ものすごい包容力があるわけだ」

「そうそう。今はやってないけど、前は冬に蟹面も出してたのよ」

「金沢おでんの代表格か。どうしてやめちゃったの？」

「蟹がすごい値上がりして。うちのお客さんのご予算とは大幅にかけ離れちゃったの。それで泣く泣く」

「それ聞くと、すごい残念。食べたくなる」

「貸し切りで宴会をやって下さったお客さんのリクエストで出したのが最後」

「予約販売とかはないの？」

「それも考えたんだけど、予約以外のお客さんが気を悪くすると困るから」

「客商売は大変だなあ」

「仕事はみんな大変よ。江差さんだって毎日大変でしょ」

江差は皮肉な笑みを浮かべた。

「もう、テレビはオワコンなのかも知れない。今や若者の半分はテレビを観ないそうだから」

「テレビがオワコンなら、うちなんかどうなるのよ。おでん屋なんて完全に前世紀の遺物なのに」

恵はグラスを傾け、スパークリングワインを呑み干した。

「かえってそういう方が強いんじゃないの？　昭和レトロなおでん屋とか蕎麦屋って、続くような気がする」

「開店当初から来て下さる老舗のお蕎麦屋さんのご主人が言ってたわ。蕎麦屋のライバルは隣の蕎麦屋じゃなくて、マクドナルドやケンタッキー、吉野家みたいな、ファストフード店全般なんですって」

「へえ」

　東京では誰でも知っている有名店の主人の抱く危機意識に、恵は驚いた記憶がある。

「食べ物の好みは食習慣で養われるんですって。だから子供の頃からお蕎麦を食べる習慣がないと、大人になってお蕎麦屋に入ろうと思わないって。確かに言われてみればその通りだと思ったわ」

　その店では毎年二回、地方の中学の修学旅行生を受け入れて、蕎麦打ちの見学と蕎麦搔(が)き作りの体験をさせているという。

「終わったら、天ぷら蕎麦を食べ放題でご馳走するんですって。そうやって蕎麦に関心を持つ中学生を育成してるのね」

「偉いなあ」

「そうしたら、大人になって東京で就職した子が店に来てくれて、すごく感激なさったそうよ。いい話でしょ」

「……だよね。テレビも、子供に視聴習慣が身につくような努力をしないと、もう無理なんだろうな」

「おでんも同じ。私の子供の頃のおでんのイメージは屋台だったけど、今の子供達にはコンビニでしょ。これから先、コンビニ以外でおでんが生き残れるかどうか、心細い限りよ」

「その割には元気そうだけど」

「そりゃあね。私、悩まないから。悩んで解決することなんか何もないもの」

江差はプッと吹き出した。

「すごい、名言！」

「でも、そう思わない？」

「思う、思う。確かにその通り。俺の知る限り、クヨクヨする奴はみんな売れなかった」

生ビールを一気に呑み干すと、恵のグラスを指さした。

「俺もスパークリングワイン。あと、白子と菜の花が残ってたら、湯引きとゴマ和えで」

「はい、お待ち下さい」

その夜、江差はレギュラーコメンテーターの話はしないまま帰っていった。もうひと押しするつもりでいたが、途中で気が変わったようだった。

一月も終わりに近くなった頃、開店早々に若い男性客が入ってきた。すぐに、前に一度来店したお客さんだと気がついた。

「いらっしゃいませ。ええと、確か林さんの甥御さん？」

「お久しぶりです」

林湊は軽く頭を下げた。

「お飲み物は？」

「レモンハイ下さい」

湊はおしぼりで手を拭きながら注文した。前回来たときとは違って、どことなく緊張感が漂っていた。

「あのう、伯父はその後もこちらには？」

「はい。お正月明けにいらしていただきました」

「その後は？」

「いえ」

恵は冗談半分に、「伯父様に、またおご来店をお待ちしてますとお伝え下さいね」と言おうとして言葉を引っ込めた。

湊の表情には不信感と、恵を窺う様子が見て取れた。

「あのう、伯父は大友さんという方と、その、上手くいってるんでしょうか?」

林は会社の後継者に指定した弟と甥には、まいのことをすでに報告しているらしい。

「詳しいことは存じませんが、多分」

もし林と何かトラブルがあれば、まいから何か連絡があるだろう。何も言ってこないのは、交際が上手くいっている証拠と思われた。

「失礼ですが、大友さんのことをどのくらいご存じですか?」

その言い方から、湊がまいにいい感情を抱いていないことが伝わってきた。

「ごく普通の経歴だけです。児童養護施設の事務職で、ご主人を亡くして一人暮らしをしている。お店でしかお目に掛かっていませんが、人柄の良い方だと思います」

恵は探るように湊を見つめた。

「まいさんに何かご不審でも?」

心中の葛藤(かっとう)を持て余すように、湊は視線を宙に泳がせた。

「実は最近、我が社と長年取り引きのある会社の経営者が急死したんです。伯父とも父とも親交のある人で、まだ七十五歳でした」

そこで言葉を切ってレモンハイを呑んだ。何をどう話せばいいか、頭の中で組み立てているのだろう。

「その方は去年、再婚しました。三年前に奥さんを亡くして一人暮らしで、勧められて再婚のお見合いパーティーに出席して、そこで知り合った女性と結婚したんです。そこまではよくある話なんですが……」

ゴクリと唾を呑んだらしく、喉仏が上下するのが見えた。

「新年早々、その方は亡くなりました。心筋梗塞という診断でしたが、年齢より若々しくて、健康だったんですよ。毎年人間ドックにも入ってました。それが心筋梗塞なんて、ちょっと信じられませんでした」

カウンターの上に載せた両手を握りしめた。その手がわずかに震えていた。

「おまけに、葬式が終わるや否や、再婚相手は遺留分を除く全財産を相続する旨の公正証書を、遺族に突きつけたそうなんです」

恵は呆れて半分笑いそうになった。

「それって、つまり、後妻業ですか？」

湊は思い詰めた顔で頷いた。

「そうとしか考えられません」

「警察は、その方の死因について、事件性の有無は何と言ってるんですか？」

「なしと判断しました。自宅で亡くなったので、一応行政解剖はされたそうですが」

「それなら、死因には事件性がないわけですね」

「まあ、そうです」

「それと、よく分からないんですけど、その方の一件とまいさんと、何の関係があるんですか」

「親父（おやじ）もお袋も震え上がってるんですよ。もし、大友さんが伯父に全財産を譲るという遺言書（ゆいごんしょ）を書かせて、それを公正証書にしたら、会社はどうなるか。フォレストは伯父が一代で築いたブランドで、会社の代表権もまだ伯父にあるんです」

恵はうんざりして首を振った。

「あの、そういうことは林さんとあなたのご一家で話し合えば済むことじゃないでしょうか。林さんだって、再婚を断ってきたのは、会社の後継者問題でゴタゴタしたくないからだと仰ってましたよ」

「そのときと今では気持ちが変わっているかも知れません。男女の仲は、端（はた）からは分かりませんから」

「もう一ついいですか。まいさんは非常に真面目で誠実で優しい人柄です。後妻業をやるような、そんな性悪女と一緒にしないでいただきたいわ」

「町田さん……亡くなった方です……の再婚相手も、虫も殺さぬような顔をしていました。それが、夫が死んだ途端に豹変したんです」

「何度も申し上げますけど、まいさんはそんな女性じゃありません」

恵はカウンター越しに湊の方に身を乗り出した。

「これからおうちへ帰って、ご両親とよく話し合った上で、林さんと会社の後継者をどうするか、相談して下さい」

「でも、そんなことをして伯父が気を悪くしたら……」

「結婚しようと思っている女性を後妻業だと疑う方が、よっぽど気を悪くしますよ。グダグダ気を回していないで、直接林さんと話し合って下さい。それ以外に解決方法はありませんん」

きっぱりと言って睨み付けると、湊は席を立ってカウンターに千円札を載せ、逃げるように店を出て行った。

まだお通しも出していないので、勘定を受け取るのも癪に障ったが、飲み物代とアドバイス料と割り切って収めることにした。

湊が帰ってから、新しいお客さんが入り始めた。

恵はすぱっと気持ちを切り替えて、笑顔でお客さんを出迎えた。

今日の大皿料理は、芽キャベツのソテー、カボチャの煮物、ホウレン草とベーコンのキッシュ、蓮根の厚切りステーキ、胡桃ダレの冷や奴の五品。

蓮根の厚切りステーキは、オリーブオイルで焼いて塩・胡椒した蓮根に、黒酢とハチミツで作ったソースをかけてパセリを散らした。簡単だが厚めに切った蓮根の歯応えが抜群で、黒酢とハチミツのソースが変化を添えている。

胡桃ダレの冷や奴は、文字通り水気を切った木綿豆腐に胡桃で作ったタレをのせただけの料理だが、刻んだ胡桃と擂ったゴマを入れた甘味噌は、酒の肴にもよく合う味だ。

本日のお勧め料理は、赤貝の刺身、平目（刺身またはカルパッチョ）、自家製あん肝、冬野菜の蒸しサラダ、ワカサギの天ぷら、擂りおろし蓮根のスープ。

蒸した冬野菜に濃厚な黒ゴマドレッシングを合わせると、野菜の甘さが引き立って、身体も温まる。

　擂りおろし蓮根の自然なとろみがついたスープは、シメにピッタリの優しい味だ。雑穀米が入っているので食べ応えもある。具材にキクラゲを入れて歯応えを出し、刻み生姜（しょうが）の香りが食欲を誘う。

　九時を過ぎた頃、深沢洋と朱里夫婦が入ってきた。二人連れのお客さんが帰ったばかりで、隅（すみ）の席が空いていた。

「いらっしゃいませ。どうぞ、すぐ片付けますから」

　恵はカウンターから空いた食器を引き上げながら声をかけた。

　すでに別の店で食事を済ませてきたらしく、二人ともアルコールで目の縁（ふち）をほんのり紅（あか）く染めていた。

「僕は生ビール、小」

「私も」

　深沢は胃に手を当ててカウンターの大皿料理を眺めた。

「食べてきたところでね。この豆腐と芽キャベツ、二品でいい」

「私はカボチャと蓮根ね」

　お通しを出すと、他の客から料理の注文が入った。

「はい、ありがとうございます」

見たところ、深沢と朱里は酒も料理も十分な様子だった。この後はおでんの二、三品もつまんで、お終いだろう。

恵は他のお客さんの相手をしながらも、時々二人の様子に目を遣った。

この前とは打って変わって、険悪な雰囲気が漂っている。深沢は見るからに不機嫌で、朱里も頑なに口を閉ざしていた。注文した生ビールはほとんど減らないまま、時間と共にぬるくなっていくのが分かった。

三十分ほどすると、深沢がいきなり席を立った。

「先に帰る」

「ご勝手に」

朱里はそっぽを向いて、ふて腐れたような口調で応じた。

見ている恵の方がハラハラした。

「これで、彼女の分も」

深沢はカウンターに五千円札を置くと、後も見ずに店を出て行った。

「奥さん、お一人で帰らせてよろしいんですか？」

「いいのよ。子供じゃあるまいし、迷子になることもないでしょ」

朱里は吐き捨てるように言うと、すっかりぬるくなった生ビールを呷った。

「レモンハイ下さい、冷たいの」

「お待ち下さい」

十時半を過ぎ、お客さんが次々帰り始めても、朱里は一向に腰を上げる気配がない。

看板まで居座られたら困るなあ。

酒も料理も追加注文しないので、まるで売上げにならない。こういう客にはさっさと帰って欲しいのは、商売だから致し方ない。

カウンターに朱里しかいなくなったところで、入り口の戸が開いた。

「すみません。今日は……」

もう看板ですと言おうとして、あわてて言葉を引っ込めた。入ってきたのは真行寺巧だった。

「いらっしゃい。どうぞ」

恵がカウンターに手を差し出すと、朱里が後ろを振り返り、真行寺を見てわずかに眉根を寄せた。真行寺もサングラスの奥から目を凝らしているようだ。

「……橘さんでしたか、以前『ベティス』の内装の件でお世話になった真行寺です」

真行寺が一歩近づくと、朱里もぎこちなく椅子から降りて、軽く頭を下げた。

「御無沙汰しております。こちらこそ、大変お世話になりました」

それからコートとバッグを手に取り、恵を振り返った。

「ご馳走さま。すっかり長居して悪かったわ。お勘定、さっきので足りてるかしら？」

「はい、十分でございます。今、お釣りを……」

「いいえ、結構。それじゃ真行寺さん、お先に失礼します」

朱里は足早に店を出て行った。

その後ろ姿が店の外に消えると、恵は真行寺に尋ねた。

「今の女性、知り合い？」

「インテリアデザイナーだ。前にうちのテナントの内装をやってもらったことがある」

「橘っていう名字なの？」

「多分。本人も訂正しなかったし」

恵は単純に、「結婚した後も旧姓で仕事を続けているのか」と納得した。

「今日、擂りおろし蓮根のスープっていう新作を作ったの。生姜の良い香りで、シメにピッタリだから、食べてみる？」

「彼女、お前に話があったのかな」

恵はビールの栓を抜き、グラスと一緒にカウンターに置いた。

「それなら、またいらっしゃるでしょう。この店は知ってるんだし」

「おでん、召し上がる？」

頷いたので、大根とコンニャクと昆布を皿に盛った。開店前から煮ているので、すっかり味が染みている。「貧乏な食べ物」とバカにしているくせに、おでんは真行寺の大好物だった。

「ところで、今日は何か？」

電話ではなく、わざわざめぐみ食堂に足を運ぶからには、何か用事があるのだろう。

「いや、別に」

否定したそばから、渋々という感じで再び口を開いた。

「大輝のことだが、今月の予定は決まってるのか？」

「凜ちゃんと澪ちゃんと三人で、勝浦のビッグひな祭りに連れて行こうと思うの」

最初から素直に訊けばいいのにと思いながら、恵は何食わぬ顔で答えた。善意を表に出すのが照れくさくて堪らない、損な性格なのだ。

「何だ、そりゃ？」

「お雛様を何千体も飾って祝う、豪華なイベントよ。二月の終わりから始まって、三月三日が最終日。土日と三日には特別なイベントがあるらしいから、子供達も喜ぶわ」

元は徳島県勝浦町で始まったが、勝浦つながりで千葉県勝浦市にも七千体の雛人形が贈られ、それを切っ掛けに始まったイベントである。和歌山県那智勝浦町などでも開催されている。

「ふうん。手を替え品を替え、イベンターは色々考えるな」

「テレビで観たことあるけど、階段雛は迫力あったわよ」

「ま、子供達が喜べば、それが一番だ」

真行寺はグラスのビールを呑み干した。恵はすかさず瓶を手に、ビールを注ぎながら言った。

「大友まいさんに玉の輿が近いかも知れないのよ」

真行寺はサングラスの縁からはみ出るほど眉を吊り上げた。

「保護猫譲渡会の取り持つ縁でね……」

恵は簡単に、まいと林の馴れ初めを話した。

「ところが今日、店に甥が来て」

後妻業の話を、真行寺はおでんを食べながら黙って聞いていた。

「お前の言う通り、向こうの一家の問題は、向こうで解決してもらうほかない。はなから大友さんには関係ないことだ」

「でも、気分悪いわ。まいさん、あんな弟一家がいるんじゃ、結婚して幸せになれるかしら」

「男の姿勢が一貫してぶれなければ、弟一家が何を言ってもどうということもないさ」

「林さんが弟さんにあれこれ言われて、まいさんに対する気持ちが変わっちゃったら？」

「そんな奴と結婚しなくてよかった。それだけの話だ」

まさにその通り。恵は声を立てて笑った。

「お前は人をどういう基準で判断する？」

「信頼出来るか否か」

「俺もだ。具体的には？」

　恵はちょっと考え込んだ。元々勘が鋭かったので、第一印象が外れたことはない。だからそれ以上は考えなかった。

「真行寺さんは？」

「金を貸せるかどうか」

　いかにも真行寺らしくて、恵はまた笑いそうになった。

「金を貸せるかどうかは、その人間の経済力の問題じゃない。誠意の問題だ。例えば大友さんが俺に借金を頼んできたら、無担保で貸してやる。彼女は絶対に借りたものは返す人間だからだ。もし返せないとしたら、それは不慮の事故に遭ったとか、不可抗力の場合で、本人の責任は問わない。だから俺も運が悪かったと思って諦める。そういう意味だ」

　十四年前、スキャンダルに包まれてすべてを失ったとき、真行寺は恵にやり直す資金を与えてくれた。あれは大恩ある尾局與の遺言に従ったのだが、それだけでなく、恵のことも信頼してくれたのだと改めて思った。

　そして四年前、もらい火事で焼け出されたときも、真行寺は救いの手を差し伸べてくれた。

　これまでこの人は私を信頼してくれた。私はその信頼に、しっかり応えてこられたんだろうか？

心の中で自問すると、ふと別の疑問が湧いてきた。

果たして自分は江差清隆に、お金を貸せるだろうか？

唐突に浮かんできた問いに自分で驚きながらも、恵は真行寺のグラスにビールを注いだ。

五皿目

冷凍豆腐は愛の言葉

正月休みが終わって街がいつもの日常を取り戻す頃から、「恵方巻（えほうまき）」の文字が目につくようになる。コンビニには予約のチラシが置いてあり、スーパーにもポスターが貼（は）ってある。

恵（めぐみ）は、この節分（せつぶん）の巻き寿司（ずし）に不思議な感慨（かんがい）を覚える。関西のローカルな習慣だったのが、セブン-イレブンの仕掛けに乗ると、あっという間に全国に広がった。今や恵方巻にあやかろうと、節分用のロールケーキを筆頭に、恵方巻味のポテトチップス、恵方焼というたこ焼きまで売り出されている。

そして節分が終わると、街は一斉にバレンタインモードに衣替えする。デパートの地下食料品売り場では、通常はチョコレートを取り扱わない店までチョコレートを並べた冷蔵ケースを設置する。

バレンタインデーが終わると、今度は三月の雛祭（ひなまつ）りを当て込んだフェアが始まる。和菓子店は桜餅（さくらもち）と道明寺（どうみょうじ）をメインに押し出し、洋菓子店は桜を使った各種のケーキを売り出す……。

日本人の節操のなさを、恵は悪いこととは思わない。むしろ、クリスマスやハロウィンといった外国由来のお祭りを、宗教色抜きで取り入れたのは、日本人の賢明さだったと思う。お陰で誰もが気軽に参加出来る。直接参加しない恵のような人間も、それを眺めて楽しむことが出来る。

祭りが沢山あるのは良いことだ……。

ぼんやりそんなことを考えているうちに、しんみち通りの出口に近いめぐみ食堂に到着した。

シャッターを開け、店に入った。

これから仕込みを始め、店を開ける準備を調えなくてはならない。恵は調理場の照明を点け、換気扇を回して割烹着を着た。


「こんばんは」

口開けの客は浦辺佐那子と新見圭介のカップルだった。新見の講義の後、待ち合わせて来店してくれたらしい。

「寒いわねえ。おでんを見るとホッとするわ」

佐那子がコートを脱ぎながら言った。

「私も昔は夏が好きで、冬は苦手だったんですけど、この店を始めたらまるで逆。冬がかき入れ時ですから」

佐那子はスパークリングワイン、新見は生ビールの小ジョッキを注文した。

今日の大皿料理は、からし菜の塩昆布和え、小海老とブロッコリー炒め、焼きネギのお浸し、卵焼き、冷凍豆腐の味噌煮。

「あら、これお豆腐？　お肉みたいな食感だわ」

味噌煮をひと口食べた佐那子が、しげしげと冷凍豆腐を見直した。

「お豆腐って、一度冷凍して解凍すると、お肉みたいな食感になるんですよ。アメリカじゃダイエット用に、お肉の代わりに使うみたいです」

解凍した豆腐に豚の薄切り肉を巻き、フライパンで焼き付けてから味噌味のタレで軽く煮る。これならおでんの豆腐とは味も食感もまるで違うし、冷めても美味しい。

「それで、お通しにしてみました」

「良いアイデアだわ。お豆腐とは思えない味よ」

佐那子はスパークリングワインをひと口呑んで舌を洗い、からし菜の塩昆布和えを口に運んだ。

「これも美味しいわねえ。サッパリするわ」

「お浸しとは違うんですね」

新見も、からし菜に箸を伸ばした。

「さっと茹でてお出汁と鰹節をかけるか、塩昆布と煎りゴマで和えるか、それだけの違いです。今日は塩昆布にしてみました」

「お浸しは昔から食べてるけど、塩昆布和えは最近のトレンドかしら。テレビや雑誌でもよく目にするわ」

「きっと昔から、やってる人はやっていて、最近になって大々的に広がったんじゃないですか。恵方巻みたいに」

「ああ、なるほどね」

佐那子は壁のホワイトボードを見上げた。

本日のお勧め料理は、鯛・平目（刺身またはカルパッチョ）、白魚の卵とじ、青柳とワケギのぬた、フキノトウの天ぷら、アサリのワイン蒸し、ホタテのピカタ。

「まだ冬だけど、お料理はちょっと春めいてきたわね」

佐那子は新見を振り向いて言った。

「白魚の卵とじと青柳のぬたとフキノトウの天ぷらをいただきましょうよ。春を先取りする気分で」

「そうだね。恵さん、ホタテのピカタというのは？」

「ホタテにふんわりした衣を付けて焼いたお料理です。衣に卵と粉チーズとパセリを混ぜてあります」

「子供の頃、レストランでポークピカタという料理を食べたことがある。あれと同じ作り方なの？」

「はい。卵液に肉や魚を浸けて焼くのが基本です。卵が高級品だった時代はレストランの定番料理だったそうですが、今は家庭料理になった感じですね」

「じゃあ、久しぶりにピカタを食べてみよう。卵が重なるけど、良いかな？」

新見は確認するように佐那子の顔を見た。もちろん佐那子は大きく頷いた。

「恵さん、二杯目のお酒に、何かお勧めはある？」

「そうですねえ。白魚とぬたには日本酒がお勧めですけど、天ぷらとピカタも召し上がるので、そのまま泡でよろしいと思いますよ。油が切れますから」

「じゃあ、私は同じものをお代わり」

「僕も佐那子さんと同じものを」

「はい。ありがとうございます」

佐那子と新見を見ていると、自然と微笑ましい気持ちになる。新見は決して無理をして佐那子に合わせているわけではない。しかし、一緒にいると佐那子のペースに巻き込まれる。そして気持ち良さそうにその流れに身を委ねていく……。

「ところで、最近、まいさんから連絡はない？」

焼きたてのホタテのピカタにレモンを搾りながら、唐突に佐那子が尋ねた。

「いいえ、別に。あの、何か？」

元々は佐那子とまいが知り合いで、一緒にシニア婚活をしていた時期もある。

「まいさん、今、林さんって方とお付き合いしてるでしょ」

「はい。林さんはすごく真剣で、再婚を望んでると仰ってました」

「ええ、そう。積極的で押しまくるんで、彼女、ちょっと引き気味だって言ってたわ。でも、満更でもない感じだった」

佐那子はそこで言葉を切って、口元を引き締めた。

「それがね、今月に入ってから全然連絡がないのよ。前はデートの度に報告というか、おのろけの電話がかかってきたのに。もちろん、私は決してイヤな顔しないで聞いていたわ。お相手と上手くいってるなら、のろけたいのは人情だから」

佐那子は自分が新見と結ばれて、まいを置いてけぼりにしたような格好になったのを気にしていた。だから、まいの再婚を応援するつもりだった。

「何か、あったのかしら？」

恵は林の甥の湊が持ち込んだ「後妻業」騒動を思い浮かべた。もしかして、あれが障害になったのだろうか？

「実は、先月……」

恵は騒動の経緯を打ち明けてしまった。佐那子も新見も、まいと林が再婚に向かっているのを知っている。それなら事情を話しても、まいの迷惑にはなるまい。

「なに、それ？　まいさんに全然関係ないじゃない」

案の定、佐那子は憤慨して顔をしかめ、グラスに残ったスパークリングワインを呑み干した。

「私もそう思います。いえ、誰だってそう思うと思います」

佐那子が同意を求めるように新見を見た。新見は苦虫を嚙みつぶしたような顔で、口をへの字に曲げていた。

「僕もお二人とまったく同意見ですよ。ただ、相手の人は事業をやっていて、弟の一家が後継者だという。それで話がややこしくなっているのかも知れない」

「どういうことでしょう？」

恵は新見の顔を見返した。

「つまり、その人と弟はただの兄弟じゃなく、創業者と二代目経営者の関係でもある。弟さんの息子は当然三代目だ。その中に突然赤の他人が入ってくるのは、弟一家には不安で、同時に不満なんだろう」

「だってあなた、まいさんは会社の経営にタッチするつもりなんてないのよ。それなら弟さん一家には関係ないじゃない」

「理屈はそうだが、疑心暗鬼になっていると、理も非もなくなる。特に林さんという人は、同族会社の創業者で代表権もあるらしいから、弟にしたら不安で堪らないんだろう。新婚の奥さんにいいように操られるのではないかと……」

佐那子はうんざりしたように顔をしかめた。

「結局、林さんに弟さん一家としっかり話し合ってもらうしかないわね」

「それしかないと思うよ。ただ、長年兄弟で協力して会社をやってきたわけだから、絆も強いだろう。弟一家に強く反対されたら、再婚をためらうかも知れない」

「そんな奴、こっちから願い下げよ。ねえ？」

同意を求めるように見上げる佐那子に、恵も力強く頷き返した。

「そうですよ。そんな頼りにならない人と結婚したら、まいさんが不幸になります」

きっぱり言い放ったとき、噂の主、大友まいが入ってきた。

「いらっしゃいませ！」

「今、まいさんの話をしてたとこなの」

佐那子はとってつけたような明るい声で言った。

「最近ちっとも電話くれないから、どうしたのかと思って」

「ええ。ちょっと……」

「まずはお飲み物、何にしましょう？」

まいは佐那子と新見のグラスをチラリと見た。

「ええと、そうね。私もスパークリングワインをいただこうかしら」

グラスを傾け、お通しの料理をひと箸つまむと、まいは溜息(ためいき)を漏(も)らした。

「実はね、林さん、弟さんの一家に再婚を反対されてるんですって」

恵も佐那子もハッと息を呑んだ。懸念していたことが、すでに現実になっていたとは。

「そ、それで？」

取り乱したのか、佐那子は声を上ずらせた。

「自分が責任を持って説得するから、少し待って欲しいって言われたわ」

「あの、林さんは弟さんが反対する理由を仰いましたか？」

「会社の権利関係が複雑になるのを心配しているって、そう言われたわ。でもね、それが本当の理由じゃないような気がする」

まいは額(ひたい)に指を当て、あらぬ方に視線を彷徨(さまよ)わせた。

「だって、今更(いまさら)そんなこと言い出すなんて。再婚すれば相続の問題が絡(から)むのは分かりきってるのに」

「再婚することを、最近まで弟さんに打ち明けていなかったのかも知れないですね」

「そうね……」

まいは所在なさそうに箸を動かして卵焼きを割った。

「でも、相手は弟でしょ。子供とか親が反対してるなら、そりゃあ説得が必要かも知れないけど、弟なんか……」

突然、新見が黙って首を振った。佐那子は不愉快そうに唇(くちびる)をひん曲げたが、その先は引っ込めた。きっと「兄弟は他人の始まり」とでも言いたかったのだろう。

「林さんと弟さんは、三十年以上二人三脚でやってきたんですって。小さな袋物の店から始めて、今みたいな大きな会社にしたんだから、苦労も多かったでしょうね」

林はアイデアマンで、営業力に長(た)けていたそうだ。弟は事務方として、地道な経営で兄を補佐し、支えてきた。

「だから、林さんと弟さんの結びつきは、普通の兄弟よりずっと強いみたい。私との結婚で兄弟の間に溝を作りたくないっていう気持ちは、よく分かるわ。だから……」

まいは切なげに溜息を吐いた。

「待つしかないわね」

恵も佐那子も「本当にそれでいいの？」と言いたい気持ちを抑えて、まいの顔を見返した。

「私は林さんを信じてるわ」

まいは二人の目を見返し、自分に言い聞かせるように答えた。

「こんばんは」

戸が開いてお客さんが二人入ってきた。深沢洋と朱里だった。

朱里は深沢の腕に腕を絡ませ、目を輝かせている。前回とはまるで違って、ひどく機嫌が良い。深沢も屈託のない表情をしている。

朱里は深沢がコートを脱ぐのを手伝い、自分のコートと重ねて壁のフックに掛けてから腰を下ろした。

「生ビールの小を」

深沢が注文すると、朱里も同じものを頼んだ。

「今日も美味しそうなものがいっぱい」

朱里は上機嫌で大皿の料理を眺めた。

「こちらは新作です。冷凍豆腐の味噌煮です」

恵が料理の説明をすると、朱里は箸でつまんで口に入れた。

「美味しい。お豆腐とは思えない食感ね」

チラリと深沢の横顔を見てから、恵に向き直った。

「来週から、海外なの」

「お仕事ですか？」

真行寺(しんぎょうじ)から朱里がインテリアデザイナーだと聞かされた。

「ううん。主人のお供で」

いかにも嬉(うれ)しそうな声だった。

「オスロで少子高齢化問題のシンポジウムがあって、基調講演を頼まれているんです。一週間は向こうに滞在するんで、一人だと何かと不自由なので……」

「主人は身の周りのことは一人では何も出来ないから」

愚痴を言うように口を尖らせたが、むしろ自慢しているように聞こえた。

「オスロってノルウェーの首都でしたっけ?」

恵はうろ覚えの記憶をたぐり寄せた。北欧三国、北海、フィヨルド、アムンセン、ノルディックサーモン……。

「オスロは主要施設がコンパクトにまとまっていて、車で二十から三十分で移動出来る、便利な街なんですよ」

「私も戦々恐々だったけど、調べると冬の観光も結構充実しているみたいなの」

「冬は随分と寒そうですね」

深沢が説明を付け足した。

「前に冬のスウェーデンとデンマークに行ったことがあるけど、北欧の国は冬を快適に過ごせるように、生活環境も施設もイベントも整備されていますね。北海道の人が冬に強いのと同じです」

「ああ、なるほど」

すると、朱里も思い出したように口を添えた。

「秋田出身の友達が、毎年お正月に里帰りするのが楽しみだって言っていたわ。きっと雪国には、雪の降る季節ならではの醍醐味があるのね」

朱里はお通しの料理を半分ほど食べ終えると、壁のホワイトボードを見上げた。

「あら、もう白魚があるのね。それにフキノトウも」

「僕はどっちもパスする」

深沢がわずかに顔をしかめた。

「あら、どうして？」

「フキノトウはあのほろ苦さがちょっと苦手でね。白魚は……昔、島根に講演に行ったとき、躍り食いを勧められて、それがトラウマになってる」

「そう。残念だわ」

恵は思わず「卵とじは火が通っているから大丈夫ですよ」と言いたくなったが、妻の朱里が注文を引っ込めたのだから、余計な口出しは控えた。

結局、注文は鯛と平目の刺身、そしてホタテのピカタに決まった。幸いなことに、朱里は少しも機嫌を損ねていない。

「ノルウェーに行かれたら、美味しいノルディックサーモンを沢山召し上がって下さいね」

恵は幾分ホッとしながらお愛想（あいそ）を言った。

かつうらビッグひな祭りは二月の下旬から三月三日、あるいは四日まで約十日間開催される。会期中は勝浦(かつうら)市内のあちこちに約三万体の雛人形が飾られ、土日と三月三日には、稚児(ちご)衣装を身につけた子供達の雛行列や踊りのパレードが街に繰り出す。まさに全市を挙げての一大イベントだ。

　ところが残念なことに、昨年と一昨年は流行病(はやりやまい)のために中止された。今年のビッグひな祭りは三年ぶりの開催になる。勝浦市民も観光客も、さぞ待ち望んでいたことだろう。

　恵が愛正園(あいせいえん)で暮らす江川大輝(えがわだいき)と仲良しの凜(りん)、澪(みお)の三人を連れて勝浦を訪れたのは、二月二十七日の日曜日だった。

　勝浦は、千葉県南東部の海に面した街で、ＪＲ千葉駅から外房(そとぼう)線で一時間三十分ほどで到着する。

　今の時刻は午前十時少し前だ。

「みんな、こっちよ！」

　駅を出ると、恵は前方を指さした。旅行でもないのに中型のキャリーバッグを引いている。

「目指すは仲本町(なかほんちょう)通り。徒歩十分。レッツゴー！」

ガラガラとキャリーバッグを引っ張りながら、先頭に立って歩き出した。大輝、凜、澪は、目をこすりながら後に続いた。八時前にJR錦糸町駅から総武線快速に乗るため、六時台に早起きしたので、みんな眠たいのだった。

恵の目指すのは朝市だった。

勝浦の朝市は、石川県輪島、岐阜県飛驒高山と並んで「日本三大朝市」と呼ばれている。始まりは天正十九（一五九一）年という。基本的に水曜と元旦以外は午前六時から十一時まで毎日開かれるので、地元の人はもとより、観光客にも人気がある。

一日から十五日までは下本町通り、十六日から月末までは仲本町通りに市が立つ。地元で獲れた新鮮な魚介はもちろん、朝採りの野菜類、手作りの干物や塩辛などの加工品も買える。しかも値段は東京の半額くらいで、たいそうお買い得だ。

ネット情報で朝市を知り、恵の心は萌えた。せっかく勝浦に行くのなら、朝市に寄らない手はない。魚介と野菜をたっぷり仕入れて、お店で出そう。きっとお客さんは喜ぶに違いない。

仲本町通りへ向かう道すがら、商店の前にも雛人形が飾られていた。普通に緋毛氈を敷いた段の上に並べてあるものが多いが、中には竹を模した容れ物にお雛様を入れて展示してある店もあった。何年も続いてきたイベントを、街の人たちが創意工夫を凝らして応援している様子が垣間見えて、恵は微笑ましい気持ちになった。

仲本町が近づくにつれ、同じ方向に歩く人たちが多くなった。前方には人だかりが出来ている。すれ違う人と肩が触れそうになった。通りの奥から売り手と買い手の遣り取りが聞こえてくる。

ネット情報では、朝市に行くなら土日祝日がお勧めとあった。出店の数は多く、品物も豊富に並んでいるので、県外から大勢の観光客がやってきて、朝市が賑わうという。確かに通りは人でごった返し、朝市は大盛況だった。

「やっぱり朝市はこうじゃなくちゃ」

恵は独りごちて店を順番に見て歩いた。後ろからは欠伸を嚙み殺した三人の子供がゾロゾロとついてくる。

魚は生ものもあるが、干物類が豊富だった。鯵と金目鯛は定番で、他にもイカ、鯖、エボダイなどがある。

恵は干物を中心に買い入れ、他に朝採りの野菜類と海藻を買った。

野菜類がかさばって、キャリーバッグはすぐにいっぱいになった。

気がつけば十一時近い。品物を売り切った店は次々に店仕舞いを始めている。

「みんな、お待たせ。ランチ食べよう」

「は〜い！」

子供達はやっと元気を取り戻した。

仲本町通りを含め、周辺には飲食店が多かった。やはり朝市に支えられているせいだろう。海鮮を売りにする店と寿司屋が多いが、それに負けていないのが「勝浦タンタンメン」の看板だ。

実は地元のグルメで、お土産用のインスタント麺の他、勝浦タンタンメン味の煎餅やスナック、ベビースターラーメンも売っていた。

「みんな、何が食べたい？」

子供達はキョロキョロ周囲を見回している。朝市に来たのは初めてだから、何が美味しいのか分からない。

「せっかく海のそばに来たんだから、美味しいお魚、食べようか？」

「うん！」

実は、朝市とビッグひな祭りが重なって混雑が予想されたので、恵は店を予約しておいた。海鮮料理を売りにしている和食店で、鰹が美味しいと評価されていた。

店は仲本町通りから二百メートルほど離れていた。

ガラスの引き戸を開けると、「いらっしゃい！」と威勢の良い声がかかった。カウンターとテーブル席が四卓のこぢんまりした店で、昼時なので、一つのテーブルを除いてすべて満席だった。

「予約した玉坂ですが……」

「はい。そちらのお席にどうぞ！」

店主がカウンターの中から「予約席」の札が立てられたテーブルを指さした。すでに割箸がセットされていた。

エプロン姿の中年女性がメニューとおしぼり、お茶を運んできた。

「あのう、お勧めは何ですか？」

「うちで一番出るのは〝おまかせ御膳〟なんですよ。海鮮丼に天ぷらと茶碗蒸し、アラ汁が付きます」

「じゃ、それを四つお願いします」

メニューの裏には「勝浦名物わらび餅」の写真が載っていた。

「あと、デザートにわらび餅を四つ下さい」

「わらび餅ですね。どうも」

女性がメニューを引き上げようとしたので、恵は「ちょっと見せてもらっていいですか？」と言って置いていってもらった。

「どんな料理があるか、見てみよう」

子供達の前にメニューを広げた。写真付きなのでカラフルだ。三人は額を寄せ合って、メニューを見ながらあれこれ感想を漏らしている。

「食べてみたいと思う料理があったら、言ってね。追加で注文するから。で、みんなで食べよう」

「ホント？」

「ホントよ。せっかく海の近くに来たんだから、美味しいお魚、いっぱい食べよう」

「メグちゃん、これ、食べてもいい？」

凜が恐る恐る指さしたのは、アワビのステーキだった。

「私、アワビって食べたことない」

「私も」

「僕も」

「メグちゃんは一回ある」

子供達は笑顔になった。恵は手を挙げてサービスの女性を呼び、アワビステーキを追加注文した。

海鮮が評判の店だけに、刺身は美味しかった。特に鰹は血抜きの技術が上手くて、生臭さがまるでない。しかも天ぷらは金目鯛の切身をフワリと揚げてあった。子供達は大喜びで、デザートのわらび餅まですっかり平らげた。

食事が終わると、恵は子供達を連れて遠見岬神社に向かった。

遠見岬神社は、六十段の石段に緋毛氈を敷き、千八百体の雛人形を飾っている。ビッグひな祭りの中でも一番注目を集める場所だった。

遠見岬神社には観光客らしき人たちが何人もいて、スマートフォンを片手に写真を撮っていた。

「すごいね」

下から見上げると、急勾配の階段を天辺まで埋め尽くした雛人形の段飾りは圧巻だった。子供達は気圧されたように息を呑み、目を丸くしている。

恵も、一度にこんなに沢山の雛人形を見るのは初めてだった。しかもその雛人形は、このお祭りのために制作されたのではなく、各地から集められたものだ。一体ごとにそれぞれ違う来歴を持っている。千八百体の人形の持つ歴史を思うと、気が遠くなる。

雛人形のイメージが変わりそうだった。美しいとか可愛いではなく、力強く、そして少しだけ怖い……。

「さ、次は海中公園よ」

恵は子供達を連れて遠見岬神社を後にした。

勝浦駅からタクシーに乗り、かつうら海中公園に着いた。ここの名物が海中展望塔だ。

海中展望塔は沖合六十メートルの位置に建ち、公園の建物とは渡り廊下のような通路で繋がっている。塔全体の三分の一、八メートルは海中にあって、九十六段の螺旋階段を降りると、三百六十度、全方向に窓が設置されていて、海の中を一望出来る。

「潜水艦みたい」

子供達は窓にしがみついて目を凝らした。高さの違う窓が交互にあるので、大人も子供も背の高さに合わせて見物出来る。

窓の外の海水は灰色を混ぜたような緑色で、大小の魚が身をくねらせながら近づいたり遠ざかったりする。見ているうちに種類の違いが分かったり、小さな魚に気がついたりする。

海中公園と道路を隔(へだ)てた向かいには、海の博物館が建っていた。そこは房総(ぼうそう)の海に関する展示をコンパクトにまとめてあるそうなので、最後に訪れる予定でいた。

恵は夢中で海の中の光景を眺めている子供達の背中を見て、今日朝市で買った魚介と野菜は、全部愛正園に寄付しようと思った。

愛正園で暮らす子供達全員を遊びに連れて行くことは出来ない。しかし、お裾分(すそわ)けくらいなら何とか……。

ま、いいわ。買出しは今度、一人で来ようっと。

「みんな、そろそろ次に行こうか」

恵は声を励まして、子供達に呼びかけた。

カレンダーは三月に入った。

三日は雛祭りだが、勝浦でビッグひな祭りを見てきたので、恵の気持ちの中ではすでに雛祭りは終わっていた。雛人形にも食傷気味で、今年はお雛様を飾っていない。

豊洲(とよす)の八百屋(やおや)には、あしたば、ウド、新玉ネギが入荷していた。菜の花はまだ置いてあるが、今月で終わりだろう。

　今日の大皿料理は新玉ネギのスライス、からし菜の塩昆布和え、コンビーフとキャベツの炒め物、ウドとコンニャクのキンピラ、卵焼き。

　甘くて柔らかい新玉ネギは、生のままでも果実のように美味しい。今日は鰹節をトッピングして、醤油かポン酢、お好きな方を選んでいただく。ウドはシャキシャキした食感を活かしてキンピラにした。

　店を開けて三十分ほどして、浦辺佐那子と大友まいが入ってきた。

「いらっしゃいませ。珍しいですね、お二人で」

　佐那子は新見と結婚する前は、よくまいと連れ立って来店していたが、最近は専ら夫婦でやってくる。

「今日はね、私が無理にお誘いしたの」

　佐那子は労るような眼差しをまいに向けた。

「お飲み物、どうなさいます？」

「私は例によってスパークリングワインだけど、まいさんは？」

「私も同じで」

「それじゃあ恵さん、ボトルで下さい」

　恵は冷蔵庫からドゥーシェ・シュバリエの瓶を出しながら、そっとまいの様子を窺った。

表情は沈みがちで、明らかに元気がない。その背後にはまだぼんやりと光が灯っているが、以前に比べると弱々しくなっている。

林さんと上手くいっていないんだ……。

佐那子が少し伸び上がって声をかけた。

「恵さんも一杯どう?」

「ありがとうございます。いただきます」

グラスを一つ追加して、スパークリングワインを注いだ。

「乾杯!」

佐那子の音頭で、軽くグラスを合わせた。

恵はひと口呑むとすぐにグラスを置き、お通しを皿に取り分けた。

「林さん、弟さんの説得が上手くいってないんですか?」

どうせこの話になるので、恵はズバリと訊いてみた。

「そういうわけじゃないの」

まいは頭を振り、悩ましげに溜息を吐いた。

「ただねえ……何だかガッカリしちゃって」

「何かあった？」

　今度は佐那子が尋ねた。

「実はね、遺言書を見せられたの。それを公正証書にするんですって」

「何か、あなたに不利な内容でも？」

「そういうわけじゃないけど……」

　まいの口調は憂鬱そうだった。

「事細かく色々書いてあるのよ。私が会社の経営に一切立ち入らないように。例えば、林さんの家と生命保険は私が相続するけど、有価証券類は全部弟さんが相続して、私は相続権を放棄するとか」

「ああ、つまり、会社の株券を相続したら、株主として経営に口出しするかも知れないからまいさんには残さないってことね」

「そういうこと」

　まいはグラスの中身を半分ほど呑み干した。

「私は元々林さんの会社には興味ないし、何の権利もないのも承知してるわ。でも、ここまで警戒されると、いい気持ちはしないわ」

「そりゃそうよね」

佐那子は大きく頷いた。後妻業の一件を聞いてから、林とその弟一家にあまりいい感情を抱いていないらしく、どちらかと言えばこの結婚には反対らしい。

実を言えば恵も同じ気持ちなのだが、破談を煽るようなことを言わないように自重していた。

「まいさんは林さんに対しては、どういうお気持ちなんですか？」

「嫌いじゃないわ。猫好きなところも含めて、良い人だと思ってる。でも、弟さんの一家に反対されてから、少し変わってきたの。『弟と結婚するわけじゃないから気にするな』って言われるかも知れないけど、自分の夫の一番身近な身内が、結婚に反対していたのかと思うと、これから上手くやっていけるかどうか自信がなくて……」

まいは一度言葉を切って、グラスの残りを呑み干した。

「だって、これからイヤでも顔を合わせないといけない場面があるでしょ。結婚式とか法事とか。それを思うと、憂鬱になってくるの。そうしたら、私をこんな憂鬱な気分にさせた林さんまで、何だか疎ましくなってきてしまって」

恵もまいの気持ちはよく分かった。

まいは林に一目惚れしたわけではなく、熱烈に望まれて徐々にその気に……好意を感じるようになった。だから一度でも冷や水を浴びせられると、気持ちが萎えてしまうのだ。もし、後妻業の疑いをかけられたとき、林が弟一家を一喝していれば、まいの気持ちはまったく違ったものになっただろう。

「気持ちの問題はデリケートだから、難しいですね」

恵は同情を込めて言った。

このままではまいの心は冷め、光は消えてしまう。本当にまいを失いたくないのなら、林は思いきった行動を起こさなくてはならない。具体的に何をすべきかは分からないが、とにかくまいの心に響く何かをすべきなのだ。

「あら、サヨリがある。春ねえ」

突然話題を変えて、佐那子がホワイトボードを指さした。

「豊洲で仕入れました。お刺身もありますけど、梅巻がお勧めです」

「梅肉を挟んで海苔で巻くの？」

「はい。大葉も入れてます」

「美味しそうね。ねえ、これ、いただきましょうよ」

まいの気持ちを引き立てるように、佐那子は弾んだ声で言った。

「ええ。お任せするわ」

まいも気を取り直したように頷いた。

その夜、十時半を過ぎてお客さんが次々と腰を上げ、看板にしようと思ったときだった。

「こんばんは」

入ってきたのは林嗣治（つぐはる）だった。ひと目で苦悩しているのが分かった。少し痩（や）せて、表情が冴（さ）えない。

「いらっしゃいませ」

林は力なく隅（すみ）の席に腰を下ろした。

それが合図のように、残っていたお客さんも席を立った。

「ありがとうございました」

店の外に出て見送ると、立て看板の電源を抜き、「営業中」の札を裏返した。

「お飲み物、ビールの小瓶でよろしいですか？」

林は小さく頭を下げた。

「すみません。看板だったんですね」

「お気になさらないで下さい。その代わり、残り物しかありませんが、悪（あ）しからず」

林はグラスに注いだビールを呷り、不味そうな顔で頭を振った。

「まいさんからお聞き及びかも知れませんが、私は彼女の信頼を失ってしまったようです」

「お気の毒に」

恵は冷蔵庫から呑み残しのドゥーシェ・シュバリエの瓶を出し、自分のグラスに注いだ。

「簡単に言えば、まいさんより弟さんを信じたわけですね」

「結果的にはそういうことになります。弟の心配を取り除くために遺言書を作成して、公正証書にする前にまいさんにも内容を確認してもらいました。その内容が、彼女の気に障ったようです」

恵はスパークリングワインをひと口呑み、音を立ててグラスをカウンターに置いた。

「林さん、気に障ったとか、そういう問題じゃないんです。まいさんはあなたに幻滅したんですよ」

林はいきなり豹変した恵に、唖然として言葉を失った。

「妻が夫の振る舞いで一番幻滅するのは何だと思いますか？　夫が自分より実家を尊重していると感じたときです」

浮気が喚起する感情は幻滅ではない。怒りと嫉妬だ。

「弟さんの言いなりになったあなたを見て、まいさんは思ったんです。これからもきっと、自分の意見より弟さんの意見を尊重するだろう、と」

林は弱々しく目を逸らした。

「私は、そんなつもりは決して……」

「本当ですか？」

「本当です。私は残りの人生を彼女と生きていきたいと思っています。私の伴侶はまいさんです。弟じゃありません」

「だったら、その気持ちを彼女に分かってもらいましょう」

「どうやって？」

恵は往年の人気占い師〝レディ・ムーンライト〟に戻ったかのように、厳かに言い放った。

「言葉では足りません。行動で示すのです」

林は困惑して恵を見返した。

「どんな行動です？」

「それはあなたが考えることです」

ムチを振るうようにぴしゃりと言った。

「あなたは実業家として沢山の経験を積んできました。その人生経験を活かしなさい。自分の失態を取り返すには、どうすれば良いか、あなたには分かるはずです」

林は勢いよく椅子（いす）から立ち上がった。身体（からだ）に電気が走ったように、背筋がピンと伸びていた。

「お言葉、肝（きも）に銘（めい）じます。ありがとうございました」

直立不動の姿勢から最敬礼すると、カウンターに一万円札を置いて、林は足早に店を出て行った。

恵は両手をX字形に交差させる決めポーズを取った。

「二人の未来に光あれ！」

心からそう願った。


数日後、恵は自宅マンションで朝ご飯を食べながら、テレビから流れてくるニュースを適当に聞いていた。

するとアナウンサーが聞き覚えのある名を読み上げた。

「……容疑者は、少子化対策総合研究所理事長・深沢洋さんの自宅を訪ね、妻のすみ子さんを刃物で切りつけました。悲鳴を聞いた宅配便のドライバーが、逃げようとした容疑者を取り押さえて警察に通報し、駆(か)け付けた警察官に現行犯逮捕されました」

すみ子？

恵は一瞬耳を疑った。深沢の妻は朱里という名のはずだ。橘(たちばな)という旧姓でインテリアデザインの仕事をしているらしいが、名前まで仕事用の別名とは考えにくい。

恵はリモコンを手に、ニュース番組をザッピングした。同じネタを取り上げている報道番組のお陰で、ざっとだが知りたいことは分かった。

容疑者の女は三十歳で、昨年深沢の研究所に採用された研究員だった。そして深沢の妻すみ子は、写真こそ出なかったが、六十歳という年齢はテロップで出た。

それだけでおよその見当は付いた。多分深沢は容疑者の女と不倫(ふりん)関係にあった。そして何かの切っ掛けで女は逆上し、深沢本人ではなく妻を殺そうとして失敗した。

もう一つ、橘朱里は深沢の妻ではない。容疑者の女より長い付き合いの愛人だろう。思い返せば、二人が夫婦ではなく不倫関係なのは一目瞭然だった。長年連れ添った夫婦が、人前でことさらベタベタするはずはないのだから。

「それにしても、どうしてわざわざうちの店で、夫婦のふりなんかしてたのかしら」

恵は独り言を呟いてテレビを消した。

その日、恵は朱里が現れるような気がしていた。

事件が大々的に報道されて、嘘がばれたと思ったかも知れない。放ったままフェイドアウトする可能性もあったが、朱里の性格を考えると、何かひと言言いたいはずだ。

予想通り、閉店の準備を始める頃になって、朱里は店を訪れた。予想外だったのは、江差清隆が一緒だったことだ。

「いらっしゃい」

恵は事情が呑み込めず、いささか戸惑った。二人はどんな関係なのだろう？

「生ビールの小、二つ」

江差は注文してから、隣に座った朱里を親指でさした。

「俺の姉」

「えええっ」

恵はつい素っ頓狂な大声を上げた。

「あ、あの、ご両親の介護をなさっていた？」

「そうだよ。旦那が亡くなってから実家に戻って両親と同居してた」

まだ事情がよく呑み込めずにいると、朱里は説明を補足した。

「亡くなった主人は結構売れっ子のインテリアデザイナーだったの。私は彼のお陰で独立出来たようなもんね。そんなわけで、旧姓に戻さずに仕事を続けてきたってわけ」

そして、少し自嘲めいた笑みを浮かべた。

「嘘吐いてごめんなさいね。私は深沢の奥さんじゃないわ」

「いえ、別に。うちは売上げが伸びて、ありがたかったです」

朱里は溜息を漏らし、肩をすくめた。

「別に結婚をエサにされたわけじゃないのよ。深沢に離婚する気がないのは、こっちも十分承知だった。でも、付き合いが長くなると、段々つまらなくなってきて……。そうしたら、テレビで深沢とあなたを観て、思い付いたの。この店でなら、深沢と夫婦で通るって」

恵は深沢と面識はあるが、妻の顔は知らない。それはめぐみ食堂に集う客も同じだった。だから、嘘がばれる心配はない。

「深沢は私の提案を承知したわ。機嫌を取るつもりだったのかしらね。もしかしたら、自分もスリルを味わいたかったのかも知れないけど」

「奥さんを刺した犯人のことは、ご存じですか？」

「私は知らないわ。二股かけられてたって、ニュースになるまで全然知らなかった。ちょっとショック」

「どうも深沢の奴、犯人には結婚をちらつかせてたらしい。夫婦仲が冷え切ってるとか、妻が離婚を承知しないとか、ああいう奴が言いそうな嘘を並べ立てて」

江差が苦々しげに唇を歪めた。ニュース番組を制作しているだけに、事件情報には詳しい。

「離婚なんかするわけがない。深沢の奥さんは財産家で、少子化対策総合研究所のスポンサーだ。離婚したら奴は今の地位をそっくり失いかねない」

「朱里さんも災難でしたね」

「私は全然。奥さんはお気の毒だけど」

恵は朱里の顔を見つめた。強がっているわけではなさそうだった。

しかし、朱里の背にはオレンジ色の光が見えた。一時期とはいえ、深沢のことを本気で好きだったのは確かだ。

「このお店で本物のご夫婦を何組か見てたら、気持ちが冷めてきてね。そろそろ潮時かなって思い始めてたの。だから、今度の事件はいい切っ掛けになったわ。もう、終わりにする」

朱里は残りのビールを呑み干すと、カウンターにジョッキを置いて立ち上がった。

「ご馳走さま」

そして江差に向かって言った。

「払っといてね。お先に」

そのまま後も振り返らず、さっさと店を出て行った。

「姉のこと、悪く思わないでやってくれ」

「まったく、思ってません」

「やっぱり、母が亡くなったからだと思うんだ。あんな男に引っかかったのは」

江差もビールを呑み干した。

「一生懸命介護してた母がいなくなって、心に隙間が出来たんだよ。そこに深沢がスルッと入り込んだ」

　恵は自分のグラスを出して喜久酔を注いだ。

「一つ伺いたいんだけど、番組に深沢さんを呼ぶときから、朱里さんとの関係はご存じだったの？」

「いや」

　江差は再び苦々しげに顔をしかめた。

「姉弟と言ったって別々に暮らしてるし、母が亡くなってからは年に二、三回しか会ってない。お互い、私生活のことはほとんど知らないよ。深沢の件で姉も警察から事情を訊かれることになって、俺に電話してきたんだ。それでやっと」

　成人して別所帯になったら、そんなものかも知れない。

「でもまあ、知っていたとしてもやっぱりゲストには呼んだよ。少子化問題に関しては深沢は第一人者だから」

　江差は一度言葉を切って、「しかし……」と先を続けた。

「これからは難しいな。世間は不倫には猛烈に厳しい。まして不倫した挙げ句に刑事事件に関与したんだから、こいつは致命的だ。多分、理事長は辞任する羽目になるだろう」

恵は邦南テレビの楽屋口で見た、深沢を取り巻く薄黒い煙を思い出した。あれは、この事件の予兆だったのだ。

「朱里さん、深みにはまらないうちに別れる決心が付いて、良かったですね。もし今度の事件が起きなかったとしても、深沢と付き合っていれば、別の災難が降りかかってきたでしょう」

「さすが元占い師。分かるんだ」

江差はからかうように言った。

「占いじゃありません。人生経験です。不倫相手が刃傷沙汰を起こすような男は、ろくなもんじゃないでしょ」

「確かに」

江差は感心したように頷くと、カウンターに身を乗り出した。

「ねえ、やっぱり考え直してよ、コメンテーターの件」

「ダメ」

「そんなこと言わないで、頼みますよ」

江差が拝む真似をしたとき、恵のスマートフォンが鳴った。表示を見ると大友まいだった。恵は江差にひと言断って、すぐさま応答した。

「遅くにごめんなさい。もう、お店を閉めた頃かと思って」

「いいえ。どうかなさいました？」

「どうしても今日のうちに、恵さんに報告したくて」

　まいの声は弾んでいた。

「私、林さんのプロポーズを受けることにしたの」

「あら、まあ！　おめでとうございます！」

　スマートフォンから恥ずかしそうに、「ありがとう」と言う声が流れた。

「実はね、林さん、会社の株とか代表権とか、全部弟さんに譲ったの。今日、愛正園を訪ねてきて、書類なんか見せて下さって。『これでもう会社とは関係のない、一個人の林嗣治になりました。謂わば裸一貫です。あなたに差し上げられるものは真心しかありません。それでもどうか、私と結婚して下さい！』って仰ったの」

　つまり林は、会社に関する権利一切を弟に生前贈与したのだった。

「私、もう胸がジーンとしちゃって……。だって、私のために会社を捨ててくれたんだもの」

「それはステキですね。林さん、それほどまいさんを愛していたんですよ」

　林もためらいはあっただろうが、よく決心したと思う。まいは企業人としての林ではなく、個人としての林を求めていた。その気持ちに応えるために、敢えて犠牲を払ったのだ。

「私、とっても幸せ」

まいは溜息混じりに言うと、「詳しいことはまた、お店に伺ったときに」と言って通話を終えた。

顔を上げると江差と目が合った。好奇心で輝いて見える。

「またカップル誕生？」

「そういうこと」

「すごいな、この店。やっぱり婚活パワースポットだ」

「せいぜい周りのお友達に宣伝してよ。キックバックしてあげる」

「姉にも言っとく。この店に通って、まともな男を捕まえろって」

「せっかくだから、祝杯といきますか」

恵は冷蔵庫を開け、藤原海斗にもらったヴーヴ・クリコの瓶を取り出した。もったいなくて呑めなかったが、嬉しい知らせを聞いた今こそ、このシャンパンを開けるに相応しい。

フルートグラスに注いだ琥珀色の液体は、細かな泡を立ち上らせていた。

「それにしても、不思議。一度は破局しかけたのに、また一気に愛が燃え上がるなんて」

「取り敢えず、乾杯！」

グラスを合わせ、シャンパンを一口呑んでから、江差が言った。

「雨降って地固まる」

「は？」

「破局した二人がもう一度くっつくたとえ」

「それなら豆腐を冷凍して解凍するとモチモチになる」

「凍り豆腐のこと？」

「似たようなもんだけど、ちょっと違うかな。まあ、今度作るから食べに来て下さい」

恵は豚肉を巻いた冷凍豆腐の味噌煮を思い浮かべた。

「お豆腐は生も良いけど、冷凍すると食べ応えが出るのよね」

人生経験を積んだまいと林の愛も、若い頃より強く逞(たくま)しく実るようにと、恵は心から祈っていた。


〈了〉

皆さま、『婚活食堂6』を読んで下さって、ありがとうございました。

今回も本文に登場するお料理を何品かピックアップして、レシピをご紹介します。お気が向いたら、ご自身でお試し下さい。

もちろん、料理に正解はありません。いく通りもレシピのある料理も沢山あります。お好みに合わせて、アレンジを楽しみましょう。

○焼きネギのお浸し

〈材　料〉2人分
長ネギ2本　めんつゆ（3倍濃縮）大匙3　水90cc
ゴマ油適宜　削り節・七味唐辛子・大根おろしはお好みで

〈作り方〉
①長ネギを洗って根っ子と青い部分を切り落とし、白い部分を4～5cmに切る。
②フライパンにゴマ油を敷き、長ネギを入れ、中火にして箸で転がしながら、焼き目が付くまで（4～5分）焼く。
③めんつゆを水で割り、長ネギを熱いうちに浸す。
④お好みで削り節、七味唐辛子、大根おろしをトッピング。

☆焼いて浸すだけの簡単料理ですが、酒の肴にピッタリで、作り置きも出来る優れもの。
☆浸け汁はめんつゆを使わず、頑張って出汁を取って手作りしても、もちろんOKですよ。

○エスカベッシュ

〈材　料〉2人分
豚コマ300g　赤パプリカ・黄パプリカ・玉ネギ各1／4個　ピーマン1／2個
小麦粉大匙2　サラダ油大匙2　白ワインビネガー大匙4　水100cc　塩小匙1　砂糖小匙5
ローリエ1枚　唐辛子1本　粗挽き胡

椒（しょう）少々　塩・胡椒適宜

〈作り方〉

①豚コマはほぐしてペーパータオルで余分な水分を拭（ふ）き取り、ひと口大に切って塩・胡椒し、小麦粉をまぶす。

②フライパンにサラダ油を入れて中火で熱し、①を焼く。なるべく触らずにしっかりと焼き付け、出た脂（あぶら）は取っておく。

③パプリカとピーマンは種と芯（しん）を取り、玉ネギは根を落とす。それぞれ横半分に切ってから、１・５㎝幅に切る。

④小鍋（こなべ）に白ワインビネガーと水、塩、砂糖を入れて中火にかけ、沸騰したらローリエと唐辛子、粗挽き胡椒を加え、最後にパプリカと玉ネギを入れてひと煮立ちさせ、火を止める。

⑤あら熱が取れたらピーマンと、豚コマを炒めたときに出た脂を小匙１加える。

⑥皿に焼き上がった豚コマを盛り付け、上から⑤をかける。

☆本場のスペインや地中海地方では、魚介の揚げ物を使うことが多いようです。野菜も季節に合わせて、お好みでどうぞ。

○オリーブ入りのポテトサラダ

〈材　料〉２人分

ジャガイモ大２個（約４００ｇ）　生クリーム大匙３

アンチョビフィレ１枚（約15ｇ）　黒・緑オリーブ各３粒

塩・胡椒適宜

〈作り方〉

①ジャガイモは蒸す場合は皮付き、レンチンの場合は皮を剝いて。

②加熱したジャガイモをマッシュし、生クリームを入れてよく混ぜ合わせる。

③オリーブの種を取り、アンチョビと粗みじんにする。

④②と③を混ぜ合わせ、味を見て塩・胡椒を適宜加える。

☆イタリアのピエモンテ州のポテトサラダです。アンチョビとオリーブが利いて、大人の味ですよ。

☆アンチョビは塩気があり、瓶詰めの場合はオリーブも塩気があるので、塩は味を見てから加えて下さい。

○芽キャベツのアンチョビガーリック炒め

〈材　料〉2人分

芽キャベツ7〜8個（約120g）　アンチョビフィレ2枚

ニンニク1片　オリーブオイル（なるべくエクストラヴァージンオイル）大匙1　塩・粗挽き黒胡椒適宜

〈作り方〉

①芽キャベツは底の芯の部分を切り落とし、半分に切る。

②耐熱容器に並べてラップし、電子レンジで1分加熱したら裏返し、更に30秒加熱する。

③ニンニクは薄切りにし、アンチョビはみじん切り。

④フライパンにオリーブオイルを入れて弱火にかけ、ニンニクを入れて焦がさないように炒め、キツネ色に焦げ目が付いたら取り出す。
⑤同じフライパンにアンチョビを入れて軽く炒め、芽キャベツを加えて焼き色が付くまで炒める。最後に塩を振る。
⑥皿に盛り、粗挽き黒胡椒を振る。
☆いかにもイタリアンな味で、ワインによく合います。アンチョビに塩気があるので、塩加減はよく味を見てから。

○エノキ焼売

〈材　料〉2人分
エノキ1袋　豚挽肉200g　長ネギ1／2本　生姜1片（チューブ2㎝）　塩少々　醤油小匙1　片栗粉大匙1

〈作り方〉
①エノキは根元を切り落とし、長さを3等分に切ってバラバラにほぐす。
②長ネギはみじん切りにする。生姜は擂りおろす。
③ボウルに豚挽肉、長ネギみじん切り、おろし生姜、塩、醤油、片栗粉を入れて混ぜ合わせる。
④挽肉をひと口大の団子に丸めたら、エノキを衣のように表面に付け、耐熱容器に並べる。余ったエノキも上に載せる。
⑤ラップをして600Wの電子レンジで6分くらい加熱する。
☆つけ汁は油淋鶏ソース、ポン酢など、お好みでどうぞ。

○デビルドエッグ

〈材　料〉2人分

その1

卵3個　マヨネーズ大匙1　マスタード小匙1

塩・胡椒適宜　パプリカパウダー適宜

その2

卵3個　アボカド1／2個　マヨネーズ大匙1　マスタード小匙1　塩・胡椒適宜　チリパウダー適宜

〈作り方〉

①卵を茹でて殻を剝き、半分に切って黄身を取り出す。

②黄身をフォークで潰し、マヨネーズ、マスタード、塩・胡椒を加えて混ぜる。

③その2の場合はアボカドの身を半分皮から取り出し、黄身と一緒にマッシュして調味料を加える。

④白身に②、③を戻す。スプーンで盛っても良いし、絞り袋で絞り出しても良い。

⑤②にはパプリカパウダーを振り、③にはチリパウダーを振る。

☆簡単に作れて見た目もきれいなので、オードブルにピッタリ。

☆白身の据わりが悪いときは、底を薄く削いで平らにして下さい。

○焼きキノコのおろし和え

〈材　料〉2人分

椎茸4個　舞茸1／2パック　大根

150g
レモン汁大匙1／2　醤油大匙1／2

〈作り方〉

①椎茸は石突きを落として半分に切る。
②舞茸は石突きを落として食べやすい大きさに分ける。
③大根は皮を剝いておろす。
④焼き網をガス台に載せ、キノコを並べて裏返しながら焼く。
⑤ボウルに大根おろしと醤油、レモン汁を入れて混ぜ、焼き上がったキノコを入れて和える。

☆箸休めに、そして日本酒の肴にもピッタリですよ。

○擂りおろし蓮根のスープ

〈材　料〉2人分

蓮根200g　乾燥キクラゲ3g　雑穀米15g　生姜2片
塩・胡椒適宜
A（顆粒状鶏ガラスープ大匙1　水500cc　薄口醤油小匙1）

〈作り方〉

①蓮根は皮を剝き、4分の1はイチョウ切りにし、残りは擂りおろす。
②キクラゲはぬるま湯に浸して戻し、食べやすい大きさに切る。
③生姜は皮を剝いて1片は擂りおろし、1片は千切りにする。
④鍋にAを入れて混ぜ合わせ、イチョウ切りにした蓮根と雑穀米を入れて蓋を

し、火にかける。煮立ったらアクを取り除き、キクラゲを加え、雑穀米に火が通るまで弱火で煮る。

⑤擂りおろした蓮根と生姜を加え、とろみがつくまで2〜3分煮て、塩・胡椒で味を調(ととの)える。

⑥器に盛って千切り生姜をトッピングする。

☆擂りおろした蓮根の自然なとろみと、ふわりと香る生姜の風味が食欲をそそります。胃に優しい、温まるスープです。

○蓮根の厚切りステーキ

〈材　料〉2人分

蓮根150g

酢・オリーブオイル・塩・胡椒各適宜

A（黒酢大匙1　ハチミツ小匙1）

パセリ2〜3枝

〈作り方〉

①蓮根は皮を剝いて1・5㎝の厚切りにし、酢水に晒(さら)してからキッチンペーパーで水気を拭き取る。

②パセリはみじん切りにする。

③フライパンを熱してオリーブオイルを入れ、蓮根を並べて両面を焼き、中まで火が通ったら塩・胡椒を振り、器に並べる。

④同じフライパンにAを入れて熱し、軽く煮詰めてソースを作り、蓮根にかけ回す。

⑤最後にパセリを散らして出来上がり。

☆蓮根を酢水に晒すのは白さを出すためで

す。だから雑穀米で薄い小豆色に染まる擂りおろしスープの場合は、酢水に晒す工程を省きました。

○胡桃ダレの冷や奴

〈材　料〉2人分
木綿豆腐1丁　胡桃20g
A（胡桃20g　味噌・醬油・白擂りゴマ・水各大匙2　酒・みりん各大匙1）

〈作り方〉
①豆腐は六等分する。胡桃は刻む。
②小鍋にAを入れ、よく混ぜ合わせてから弱火にかけ、木べらで混ぜながら胡桃ダレを作る。
③豆腐を器に盛り、胡桃ダレをトッピングして出来上がり。

☆胡桃には腎臓の働きを高め、身体を温める効果があるそうです。
☆豆腐の代わりに焼き餅やトーストに載せてもイケますよ。

○ホタテのピカタ

〈材　料〉2人分
ホタテ（刺身用）6個　塩・胡椒・小麦粉・サラダ油各適宜
A（溶き卵1個分　粉チーズ大匙1）
レモン1／2個

〈作り方〉
①ホタテは塩・胡椒を振って下味をつけ、全体に薄く小麦粉をまぶす。
②レモンはくし形に切る。

③ボウルにAを入れ、泡立て器で混ぜて衣を作る。
④フライパンを熱してサラダ油を入れ、衣にくぐらせたホタテを並べて入れる。残った衣は上から掛け、弱火にして両面に火が通るまで香ばしく焼く。
⑤④を器に盛り、くし形に切ったレモンを添えて出来上がり。

☆私が子供の頃、近所の洋食屋さんの人気メニューにポークピカタがありました。
☆衣に刻みパセリを入れても美味しい。

○冷凍豆腐の味噌煮

[冷凍豆腐の作り方]
木綿豆腐の水気を切って2等分し、キッチンペーパーで包んでから更にラップで包み、密閉出来る冷凍保存容器に入れ、冷凍庫に8時間以上入れて凍らせる。

[解凍方法]
・自然解凍の場合、冷蔵庫に6時間入れて解凍する。
・電子レンジ解凍の場合、保存袋から取り出して耐熱容器に並べ、ラップごと500Wの電子レンジで約3分加熱し、上下を返して更に3分加熱したら、ラップとペーパータオルを外(はず)してあら熱を取る。

〈材　料〉2人分
冷凍豆腐（解凍済）1丁　豚バラ肉薄切り6枚　茹で卵1個
サラダ油適量
A（味噌大匙2　酒・砂糖・みりん各

大匙１　水１００cc　生姜１／２片）

〈作り方〉

①冷凍豆腐は６等分して水気を絞り、１個ずつ豚肉を巻く。

②茹で卵は殻を剝き、生姜は皮を剝いて擂りおろす。

③鍋を熱してサラダ油を入れ、肉の巻き終わりを下にして冷凍豆腐を並べて入れ、全体を焼いて肉に火が通ったら、混ぜ合わせたＡと茹で卵を加え、弱火でひと煮立ちさせる。

④器に盛って出来上がり。茹で卵は半分に切って盛る。

☆冷凍豆腐は味が染みやすいので、短時間の加熱で完成します。

☆他にも竜田揚げにしたりと、使い方は色々です。

○ウドとコンニャクのキンピラ

〈材料〉２人分

ウド１本　あく抜きコンニャク１袋（約１２０g）　酢少々

ゴマ油大匙２　酒１００cc　砂糖小匙２　醬油大匙３　糸唐辛子少々

〈作り方〉

①ウドを長さ５㎝くらいに切り、皮を剝いて縦に４から６等分に細長く切ったら、酢を入れた水に晒す。

②コンニャクを長さ５㎝でウドと同じくらいの太さに切り、水洗いしてザルにあけ、水気を切る。

③フライパンにゴマ油を入れて熱し、コン

ニャクを入れて炒め、酒、砂糖、醤油を加えて更に炒める。

④水分が蒸発して半分くらいになったらウドを入れ、水分がほとんどなくなるまで炒め煮にする。

⑤味見をして塩気が足りなければ醤油を足して味を調え、火を弱くして糸唐辛子を加え、混ぜ合わせて火を止める。

☆ウドの葉は天ぷらにすると美味しいです。

☆糸唐辛子がなければ普通の赤唐辛子でOKです。お好みで七味でも。

☆コンニャクのあく抜きは、塩で揉(も)んでからさっと茹でて水に晒します。店によってはキンピラ用のコンニャクも売っていて、切らずに調理できます。

著者紹介
山口恵以子（やまぐち　えいこ）
1958年、東京都江戸川区生まれ。早稲田大学文学部卒業。松竹シナリオ研究所で学び、脚本家を目指し、プロットライターとして活動。その後、丸の内新聞事業協同組合の社員食堂に勤務しながら、小説の執筆に取り組む。2007年、『邪剣始末』で作家デビュー。2013年、『月下上海』で第20回松本清張賞を受賞。
主な著書に、「食堂のおばちゃん」「婚活食堂」シリーズや『風待心中』『毒母ですが、なにか』『食堂メッシタ』『夜の塩』『いつでも母と』『食堂のおばちゃんの「人生はいつも崖っぷち」』『さち子のお助けごはん』『ライト・スタッフ』『トコとミコ』などがある。

本書は、書き下ろし作品です。

目次・主な登場人物・章扉デザイン――大岡喜直(next door design)
イラスト――pon-marsh

PHP文芸文庫　婚活食堂6

2021年11月18日　第1版第1刷

著　者　山口恵以子
発行者　永田貴之
発行所　株式会社PHP研究所
東京本部　〒135-8137 江東区豊洲5-6-52
第三制作部　☎03-3520-9620(編集)
普及部　☎03-3520-9630(販売)
京都本部　〒601-8411 京都市南区西九条北ノ内町11
PHP INTERFACE　https://www.php.co.jp/
組　版　朝日メディアインターナショナル株式会社
印刷所　図書印刷株式会社
製本所　東京美術紙工協業組合

ISBN978-4-569-90168-8

風待心中

山口恵以子 著

江戸の町で次々と起こる凄惨な殺人事件、そして驚愕の結末！　男と女、親と子の葛藤が渦巻く、一気読み必至の長編時代ミステリー。

PHP文芸文庫

鯖猫長屋ふしぎ草紙（一）〜（九）

田牧大和 著

事件を解決するのは、鯖猫!? わけありな人たちがいっぱいの「鯖猫長屋」で、不可思議な出来事が……。大江戸謎解き人情ばなし。

PHP文芸文庫

まんぷく

〈料理〉時代小説傑作選

宮部みゆき、畠中 恵、坂井希久子、青木祐子、中島久枝、梶よう子 著／細谷正充 編

話題の女性時代作家がそろい踏み！ 江戸の料理や菓子をテーマに、人情に溢れ、味わい深い名作短編を収録した絶品アンソロジー。

PHP文芸文庫

あなたの不幸は蜜の味

イヤミス傑作選

宮部みゆき、辻村深月、小池真理子、沼田まほかる、新津きよみ、乃南アサ 著／細谷正充 編

いま旬の女性ミステリー作家による、「イヤミス」短編を集めたアンソロジー。見たくないと思いつつ、最後まで読まずにはいられません。

PHP文芸文庫

占い日本茶カフェ「迷い猫」

標野凪 著

全国を巡る「出張占い日本茶カフェ」。その店主のお茶を飲むと、不思議と悩み事を相談してみたくなる。心が温まる連作短編ストーリー。

PHP文芸文庫

グルメ警部の美食捜査

斎藤千輪 著

この捜査に、このディナーって必要⁉ 聞き込み中でも張り込み中でも、おいしい料理にこだわる久留米警部の活躍を描くミステリー。